100 Mandalas Enfants 6 ans et plus

Livre de Coloriage pour Enfants | Anti-stress et Relaxant |100 Magnifiques Mandalas | Super Loisir Anti-stress pour se détendre avec de beaux Mandalas à Colorier Enfants

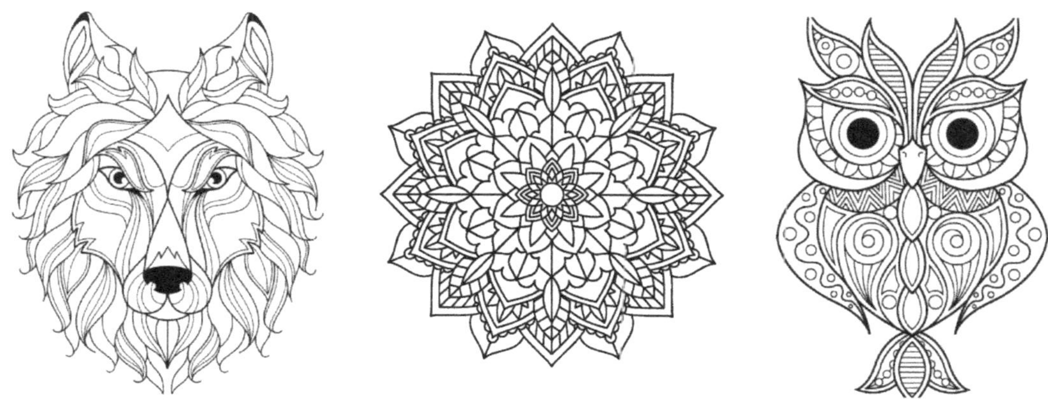

Ce Livre
Appartient à :

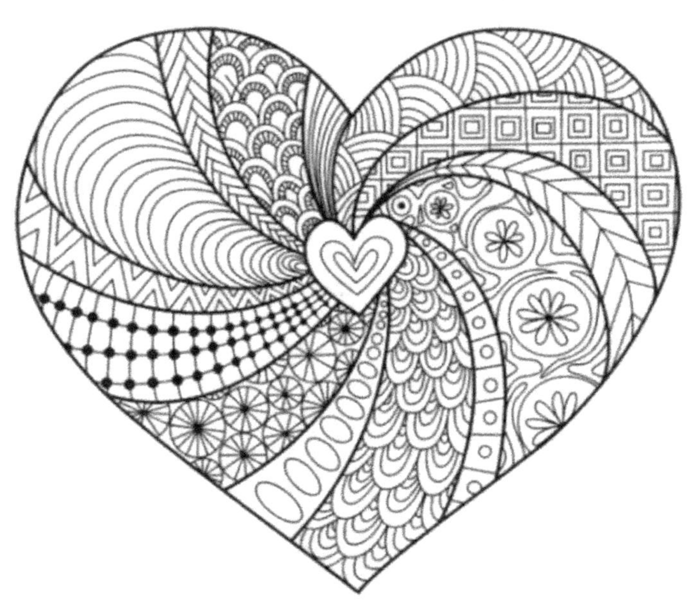

. . . .

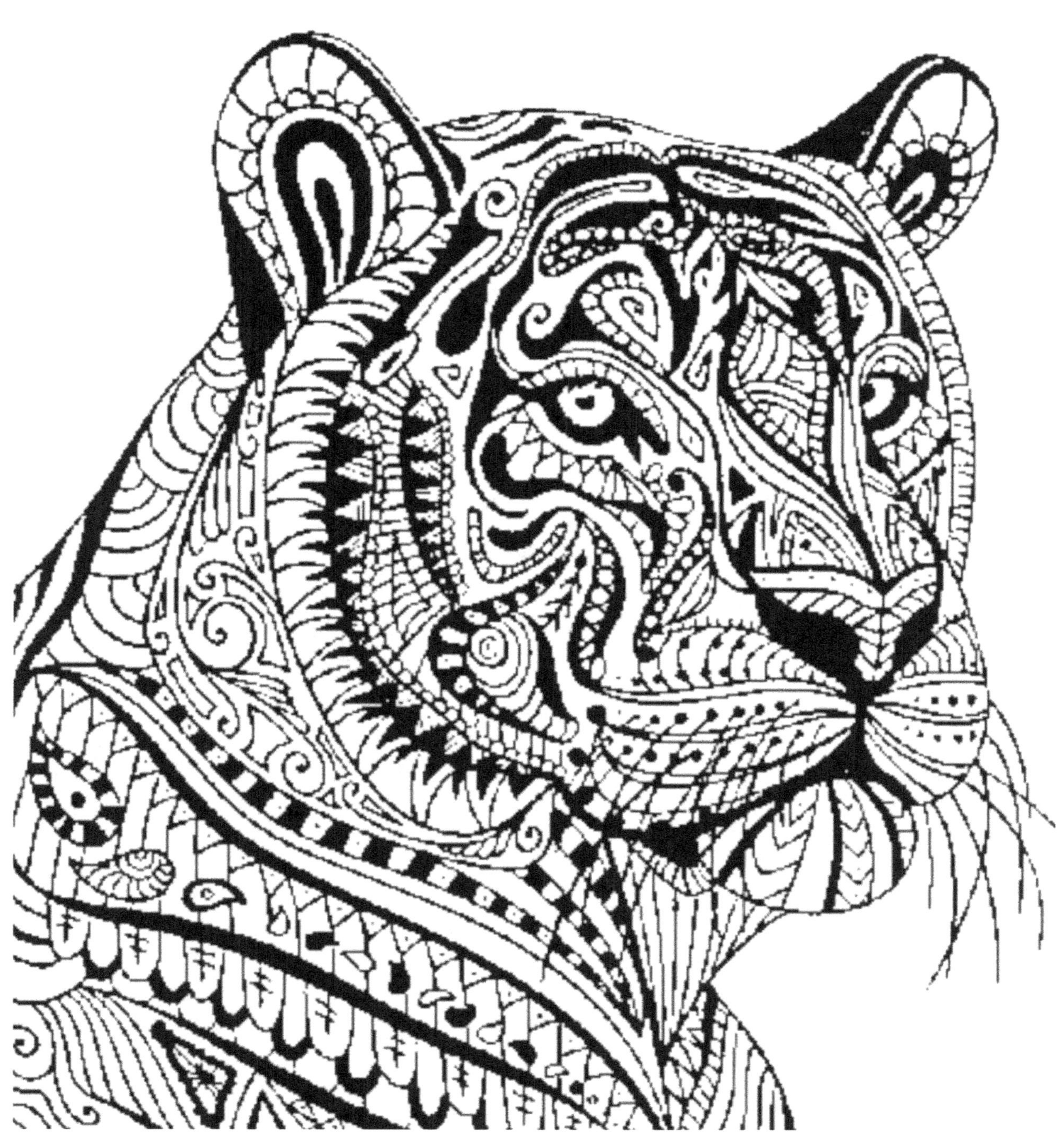

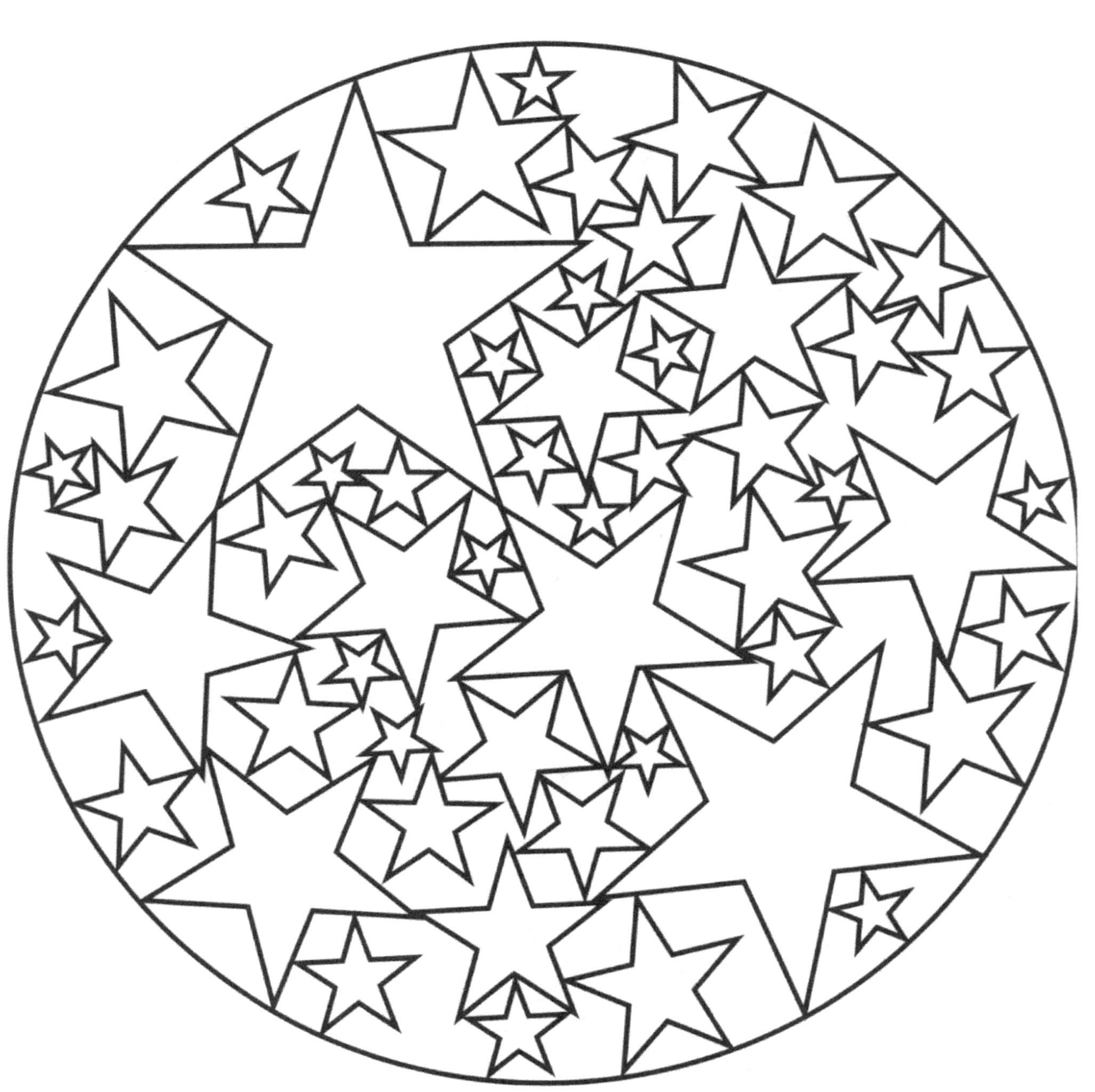

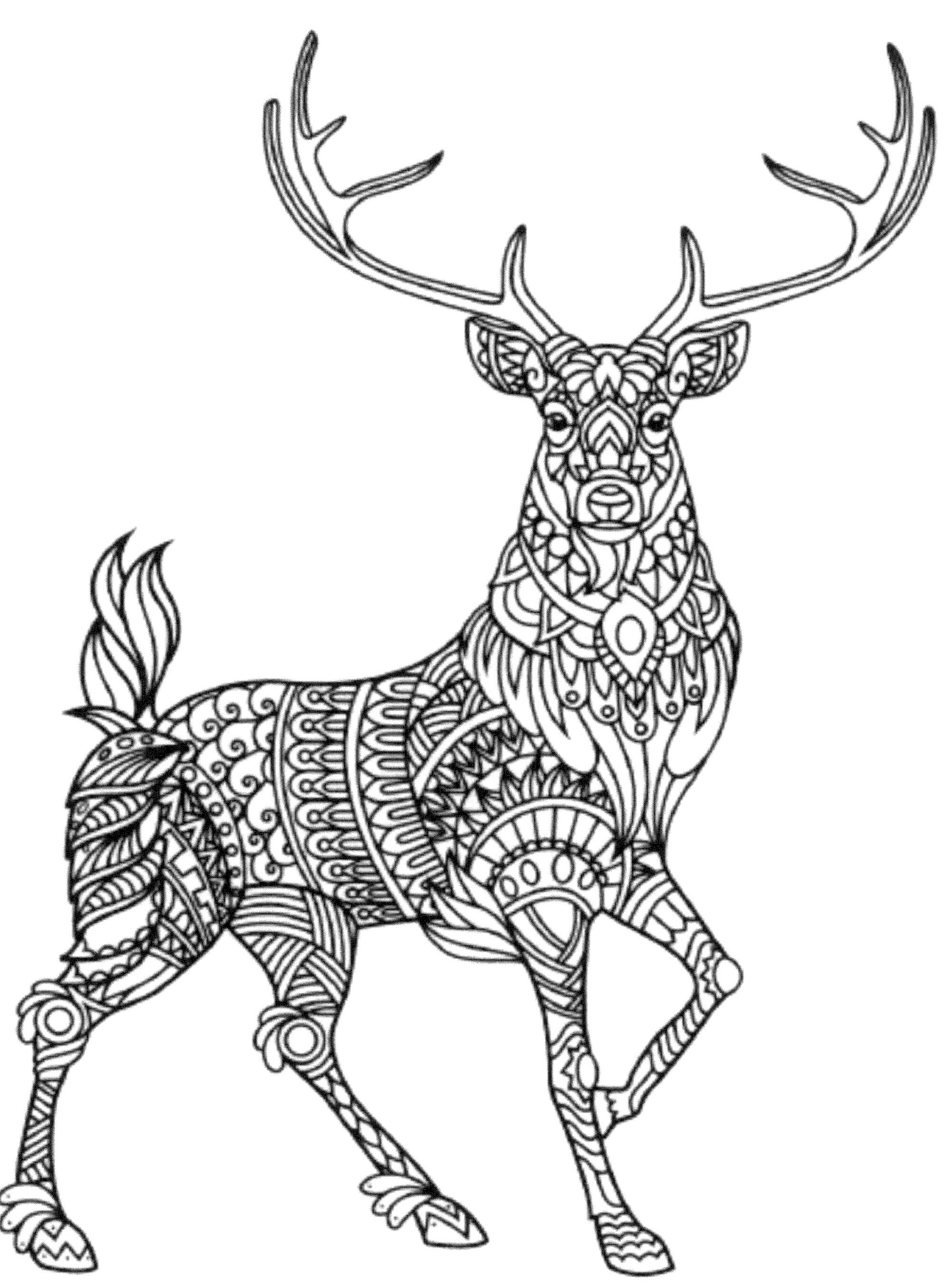

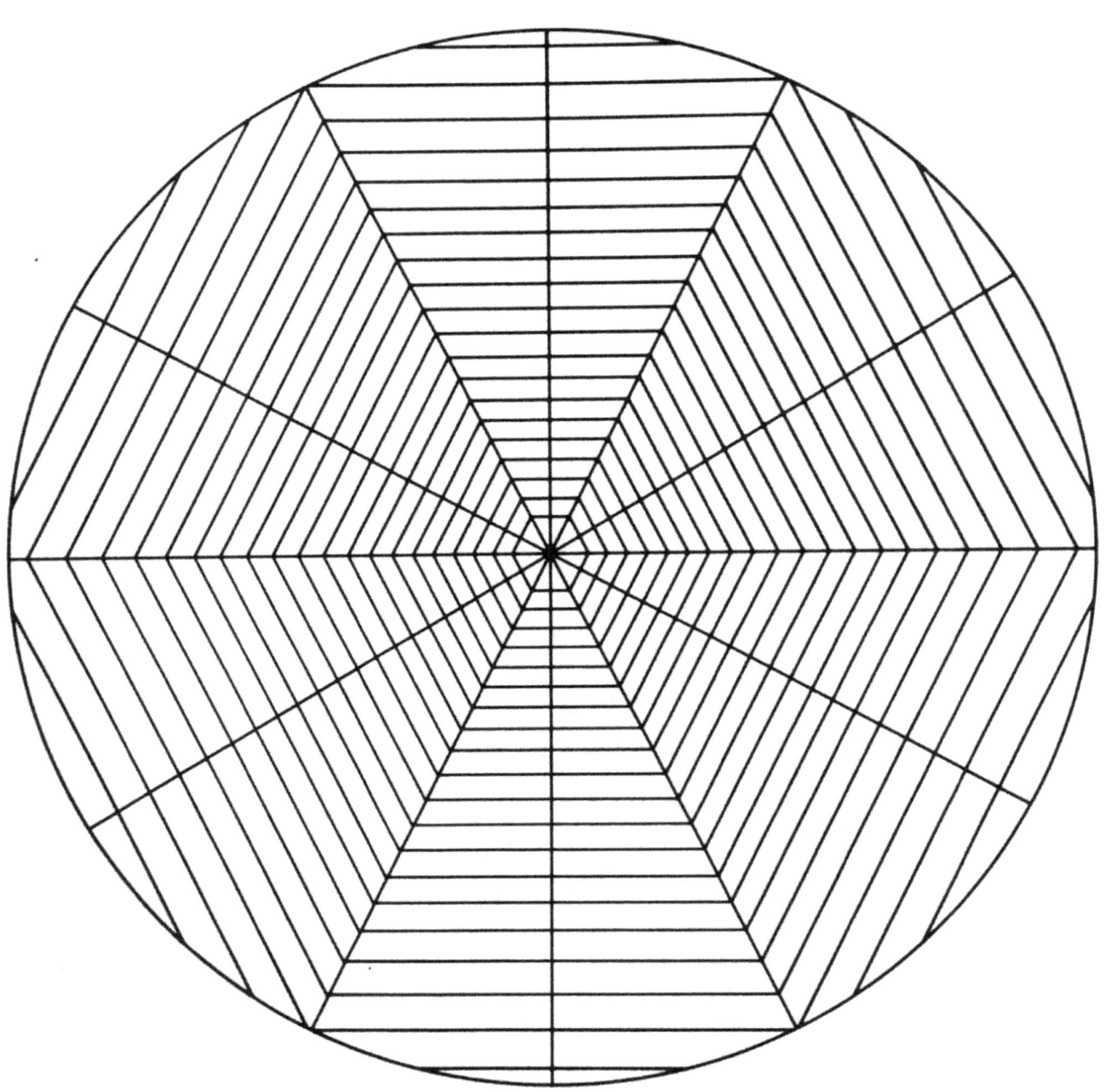

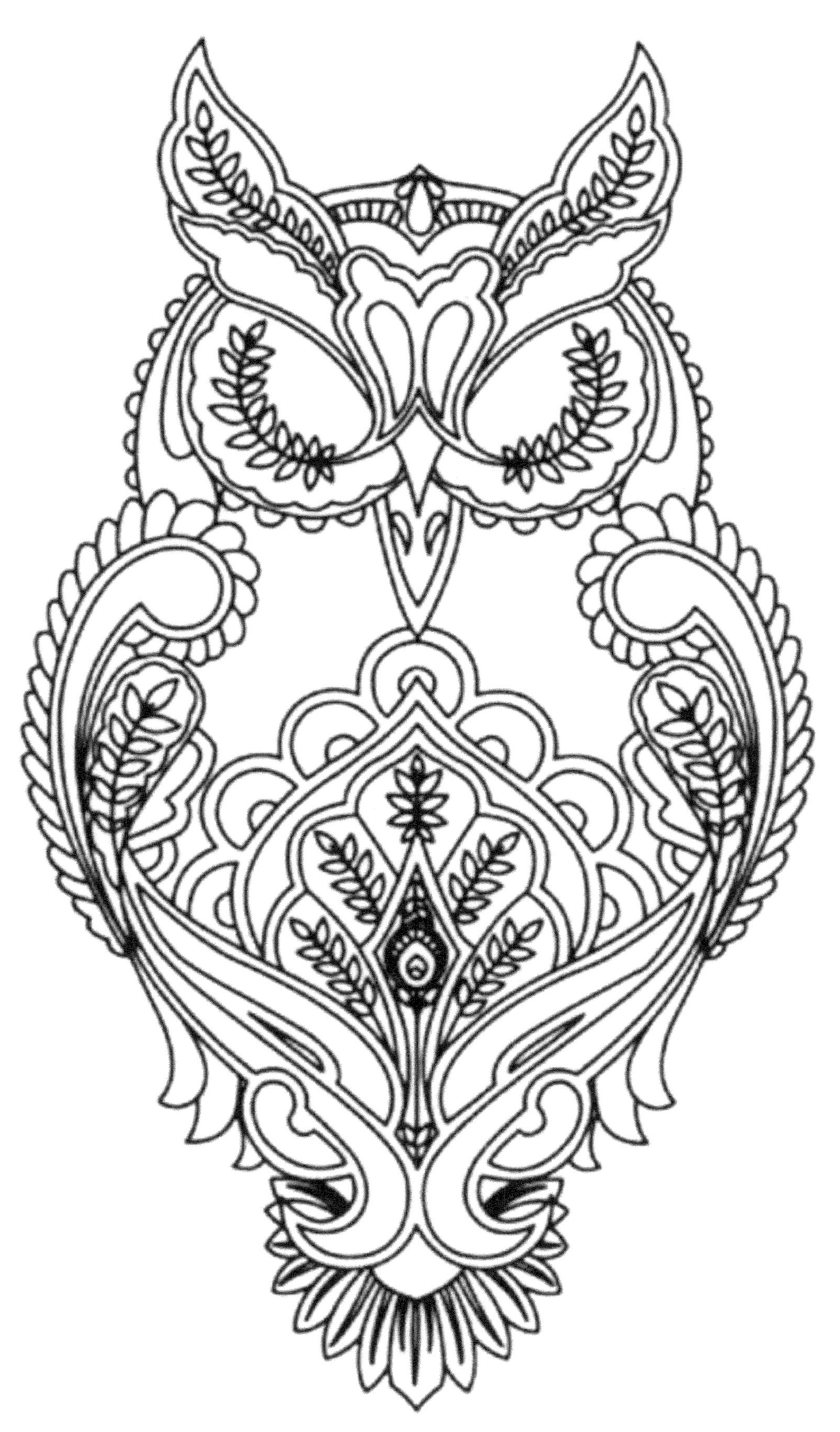

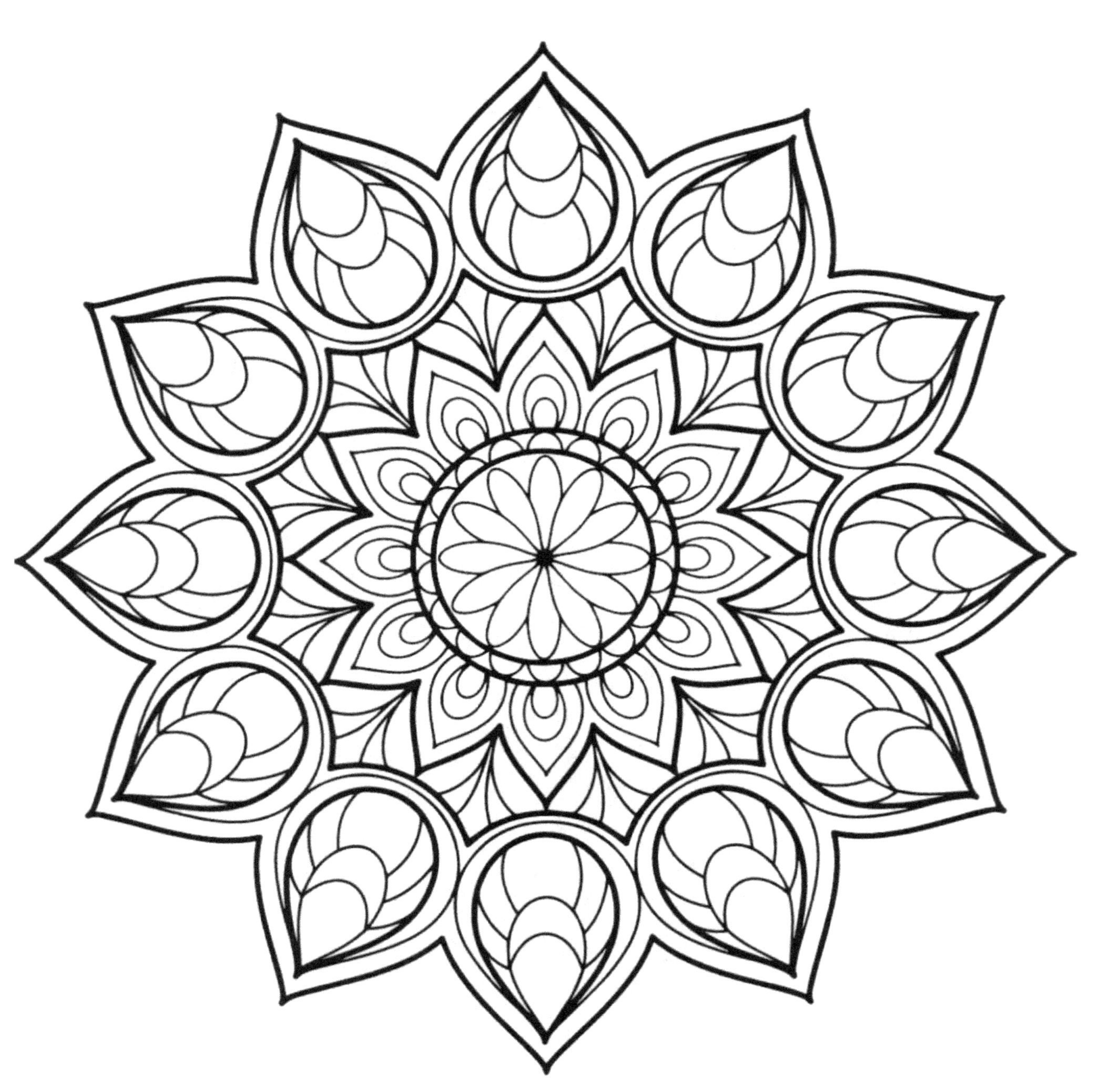

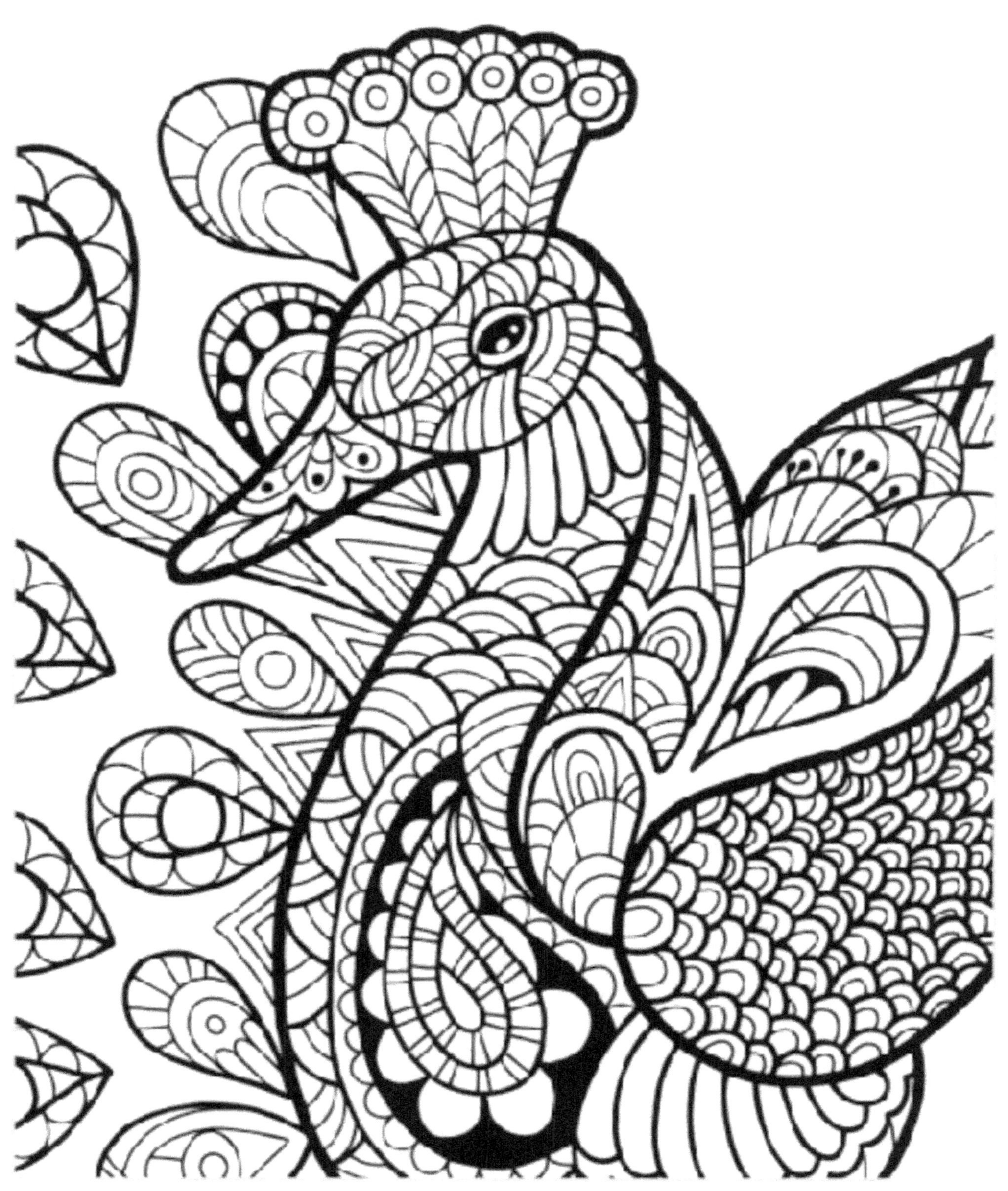

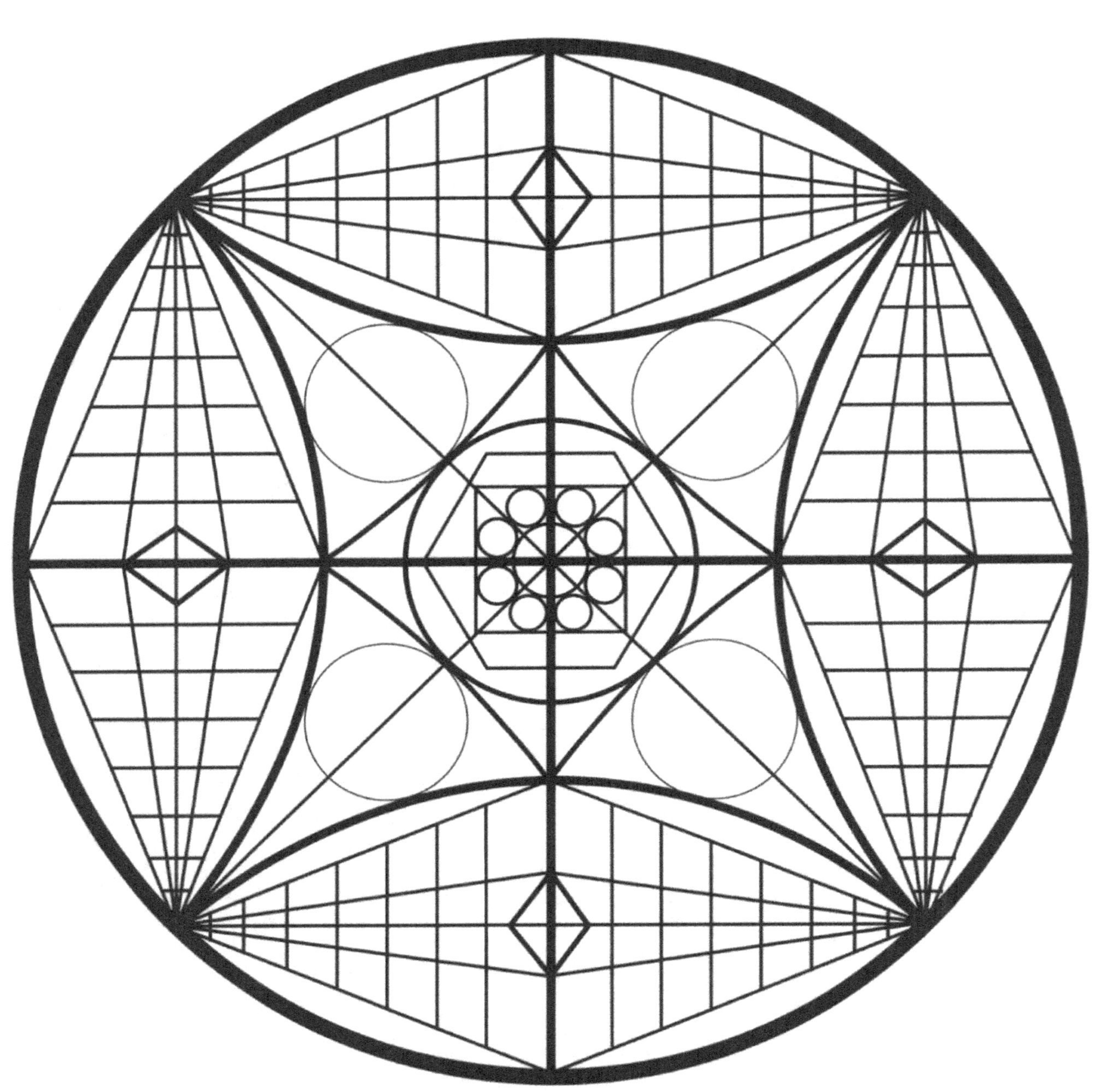

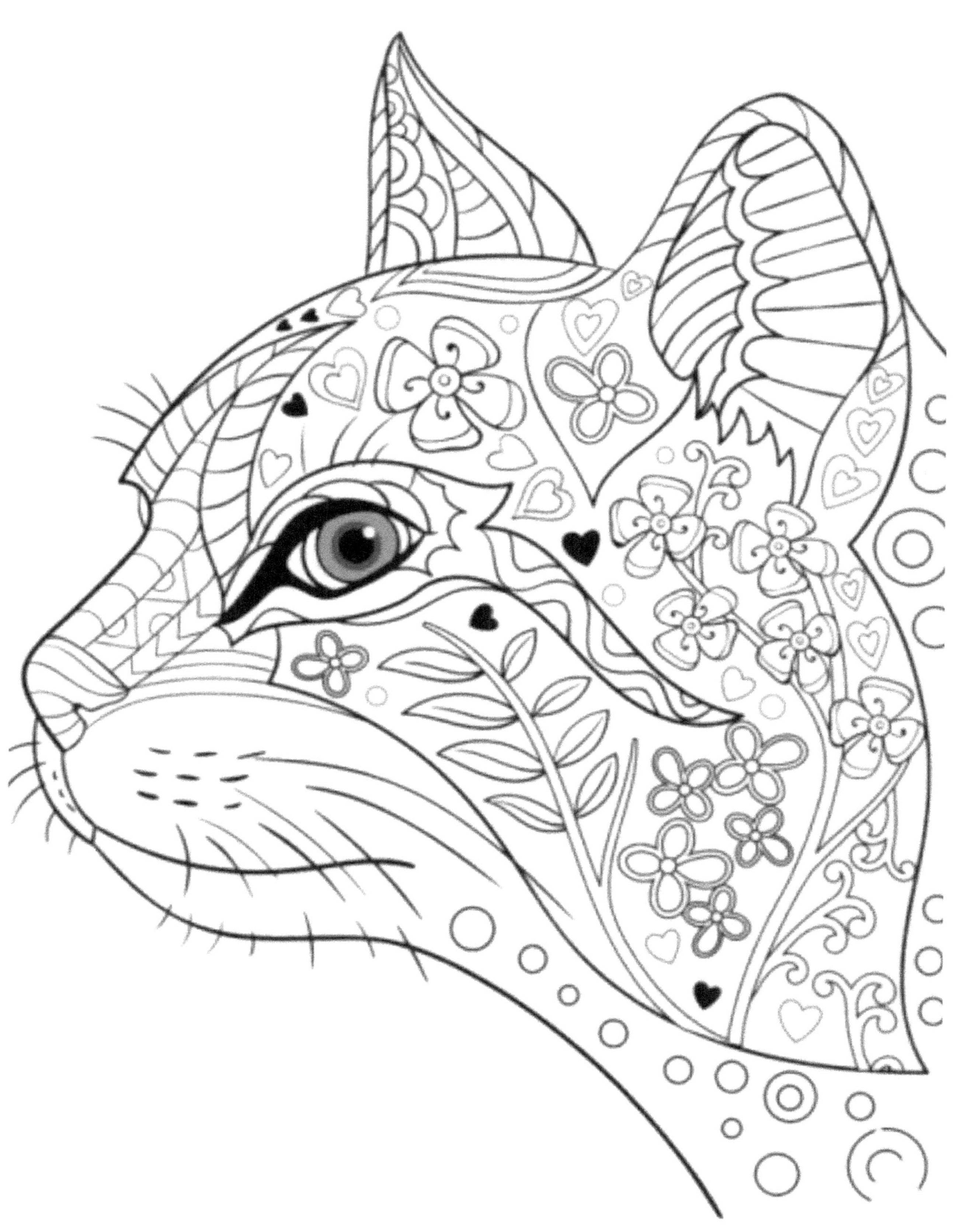

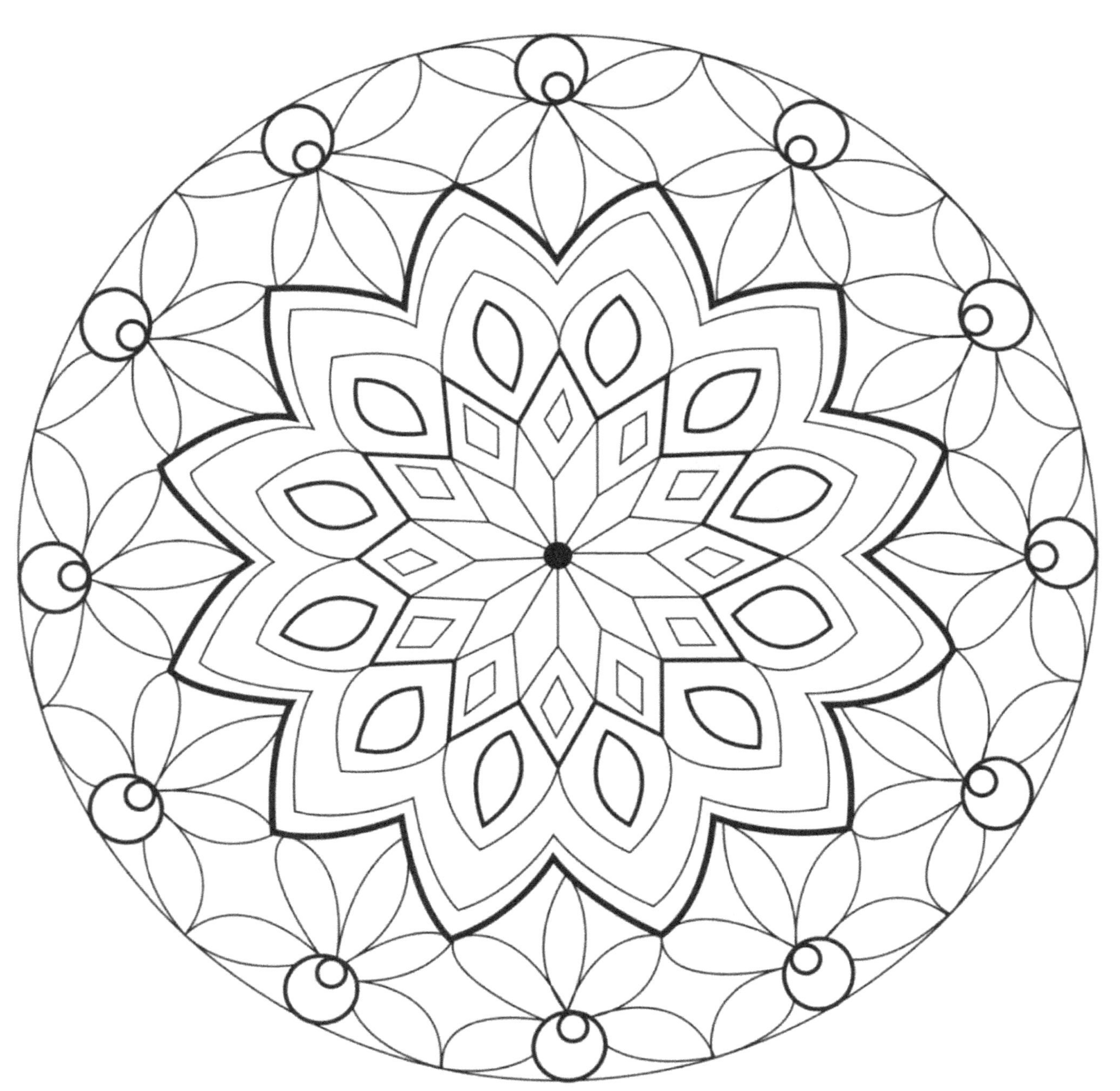

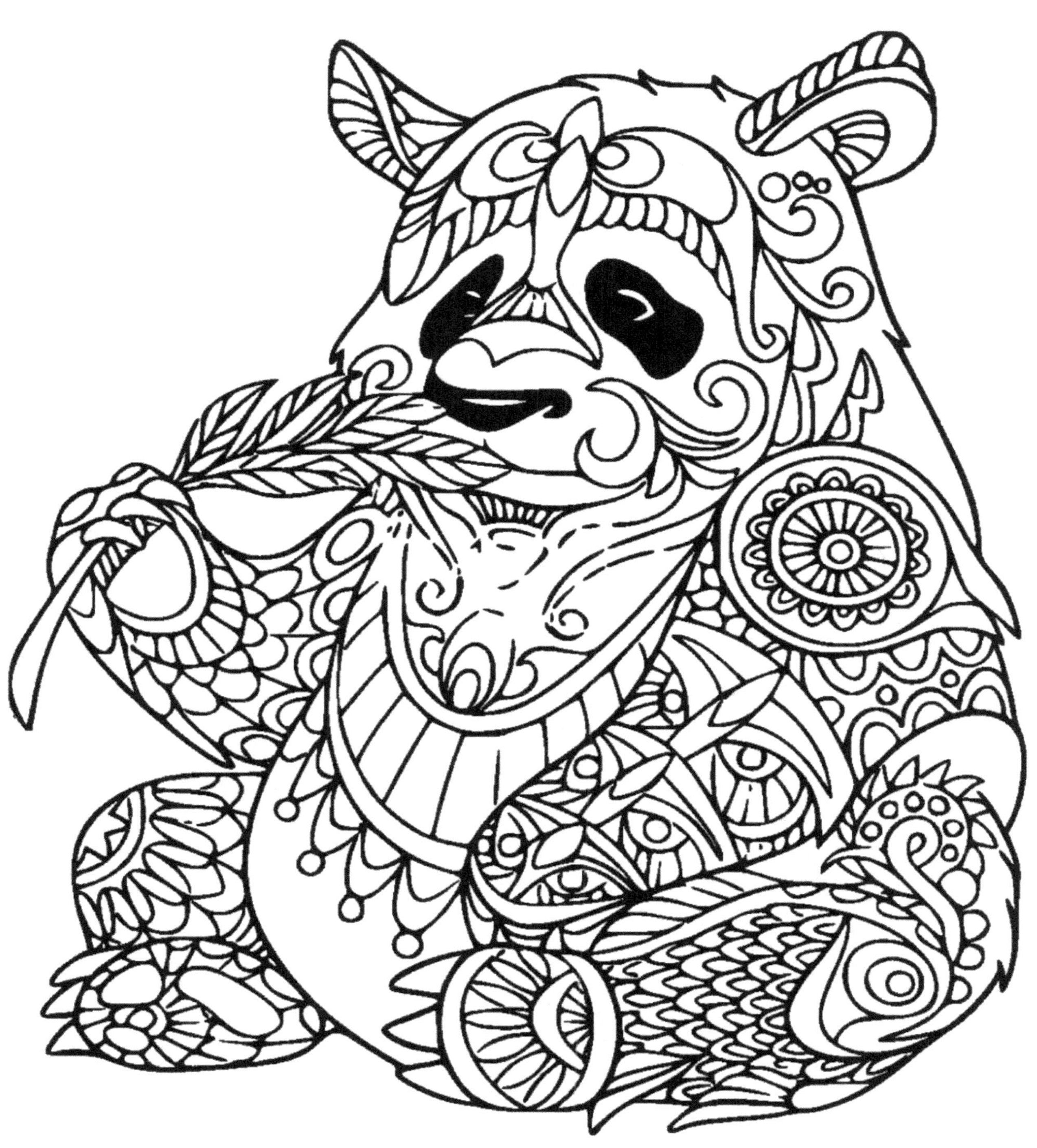

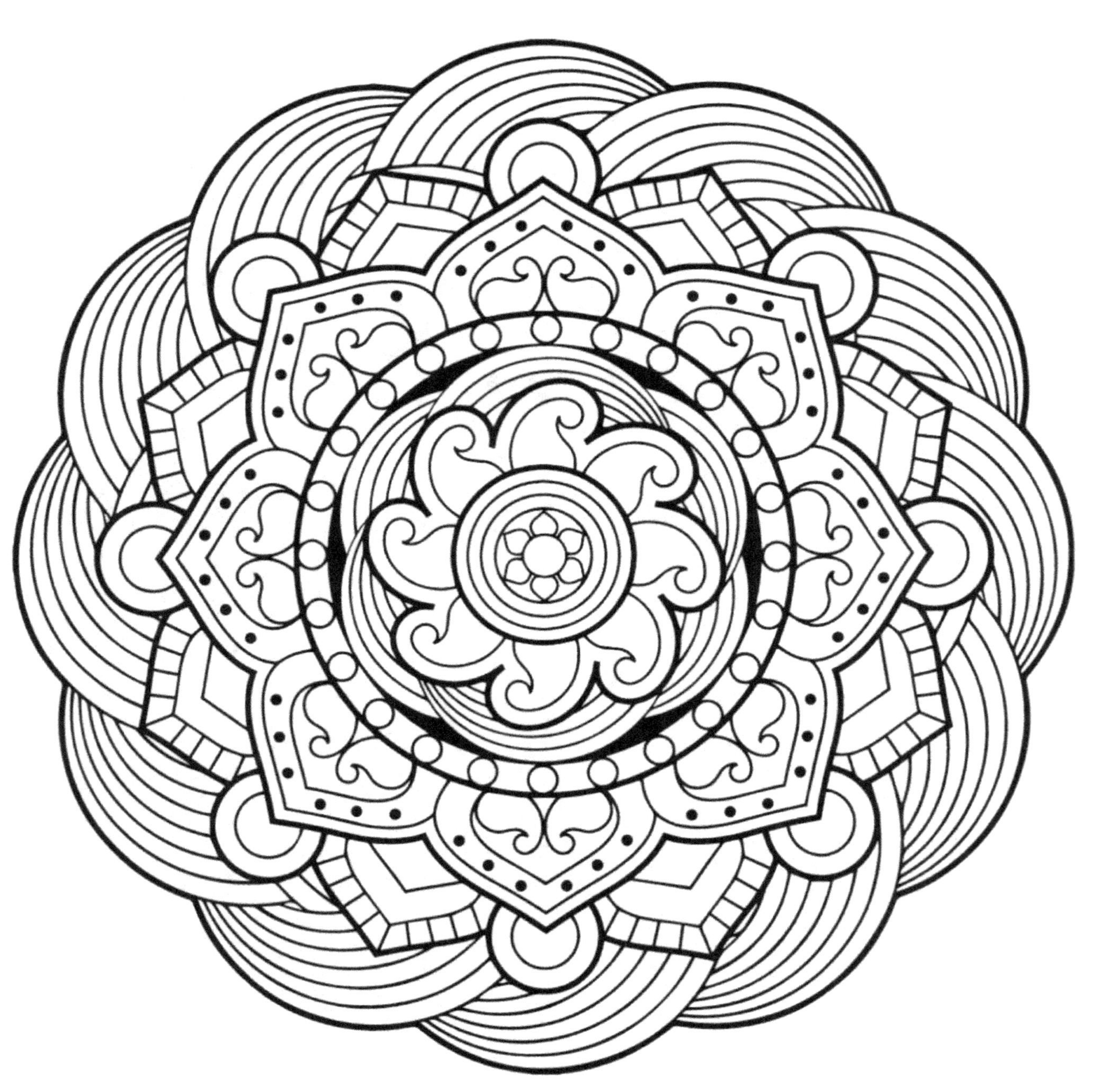

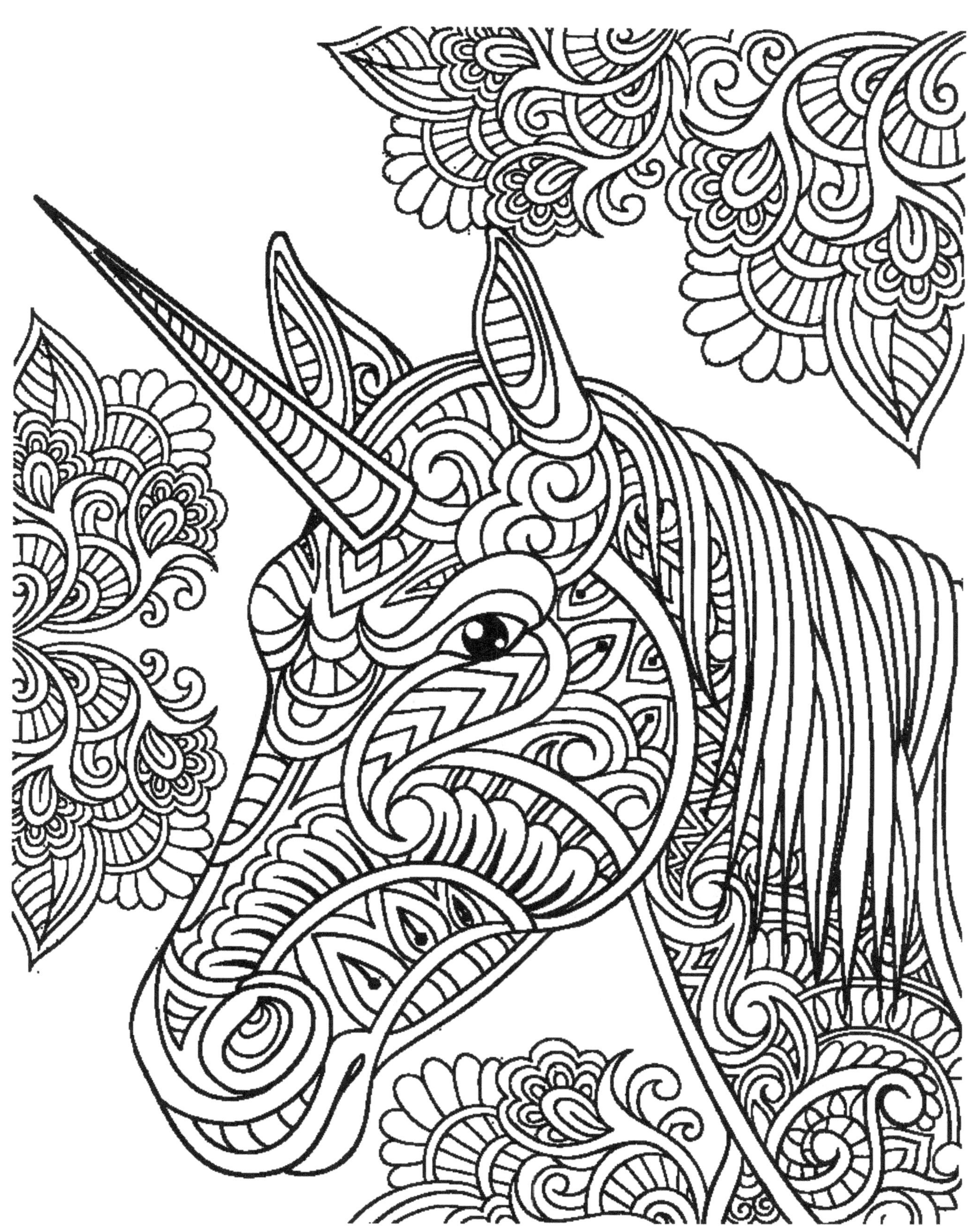

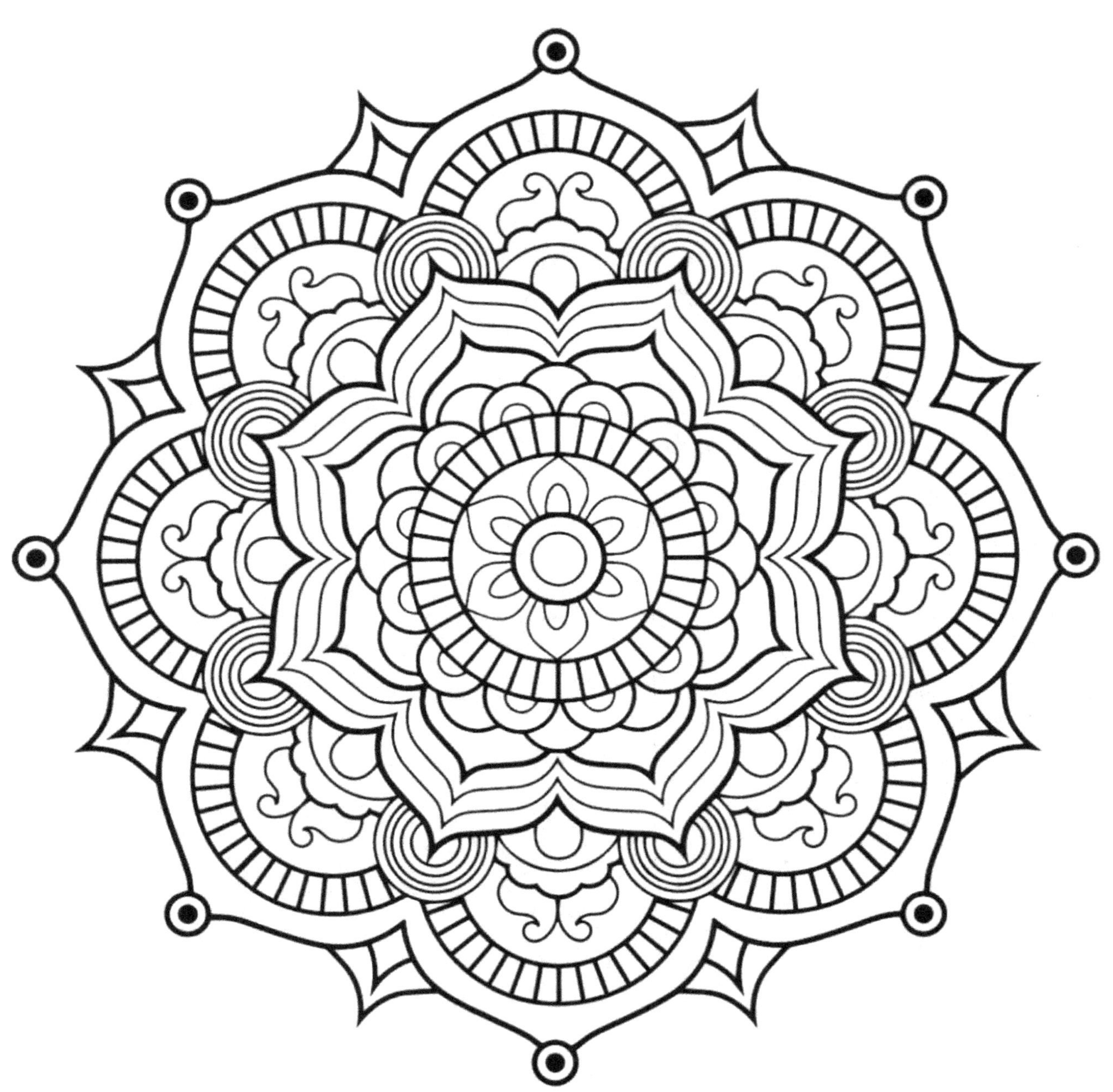

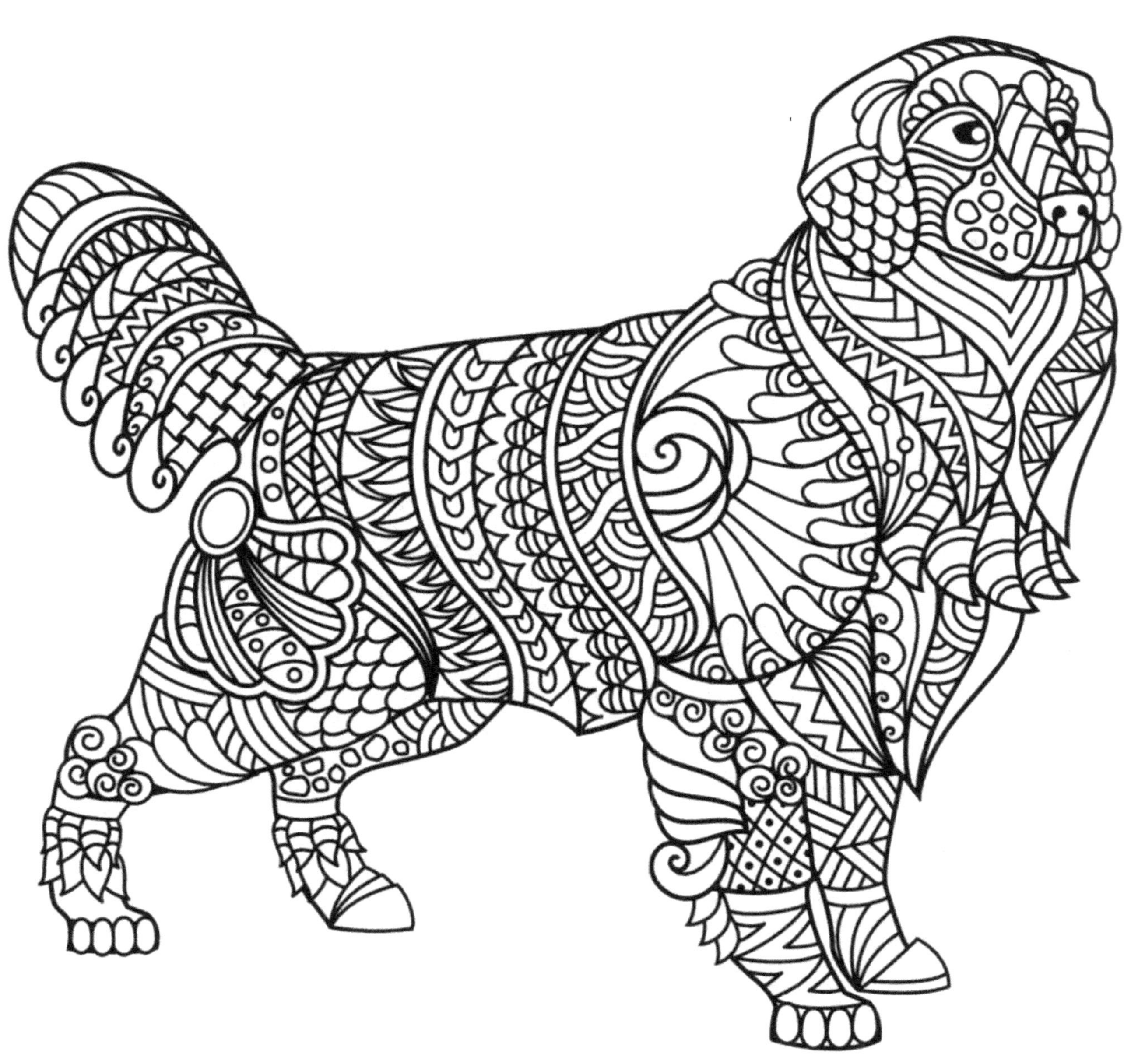

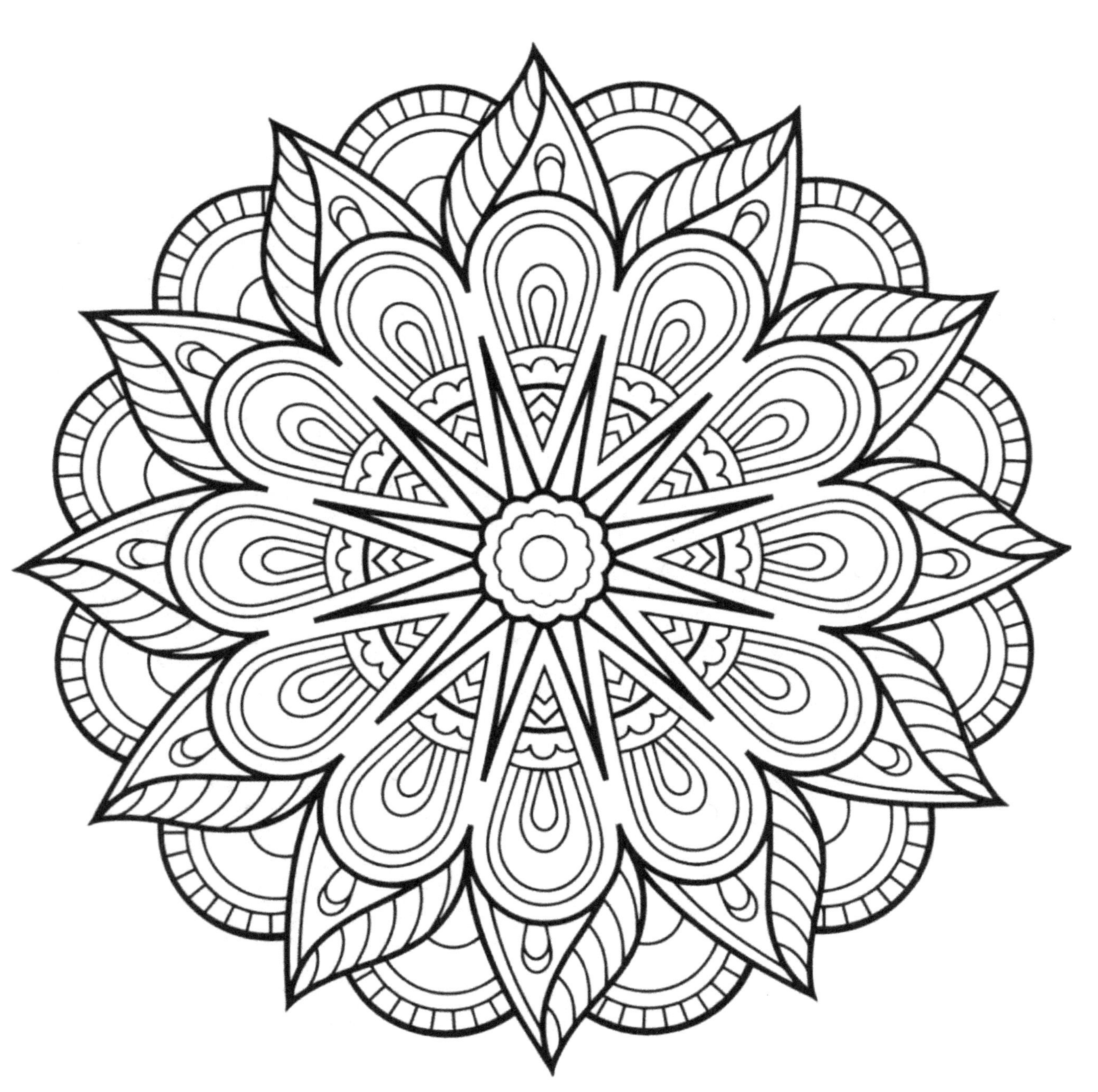

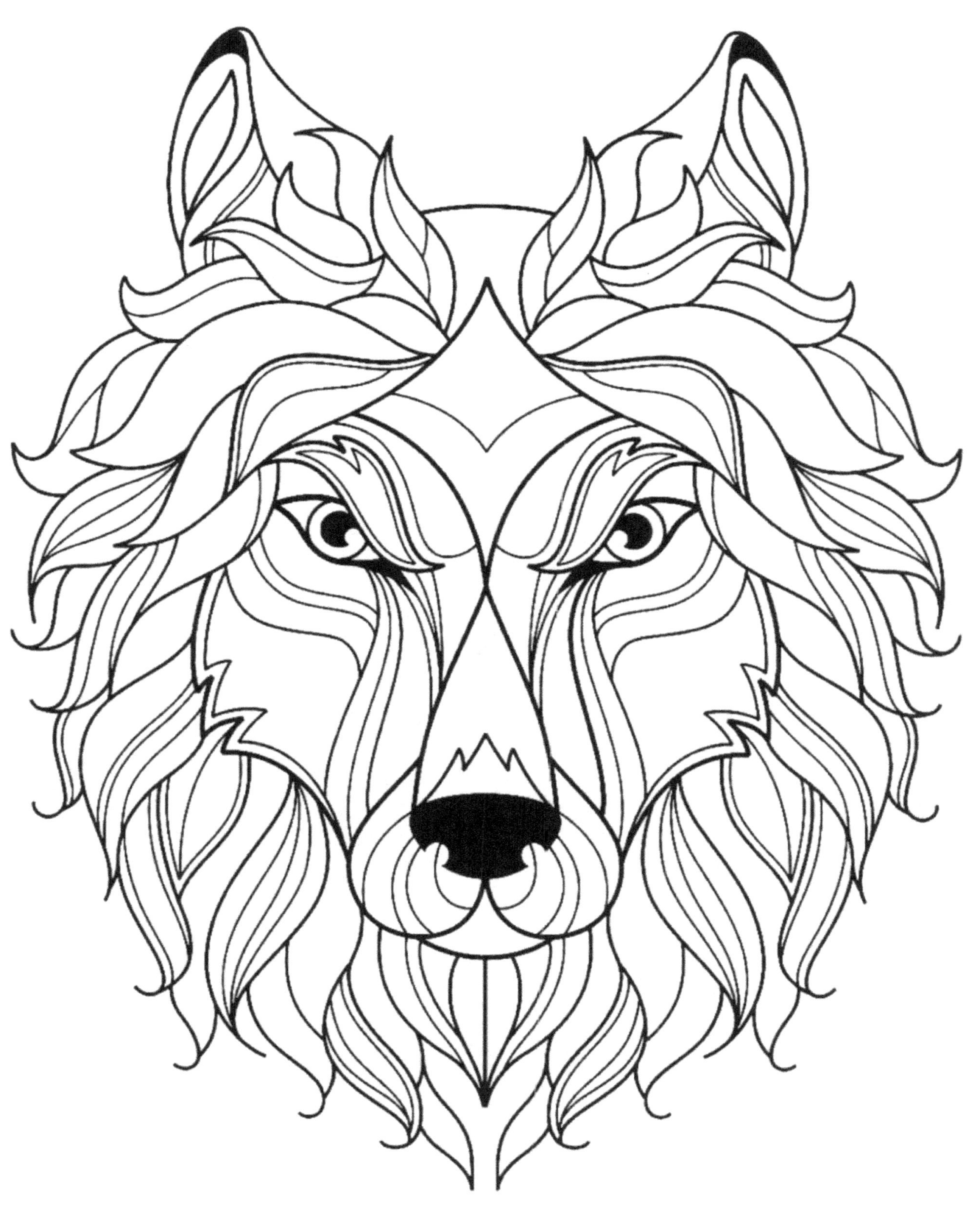

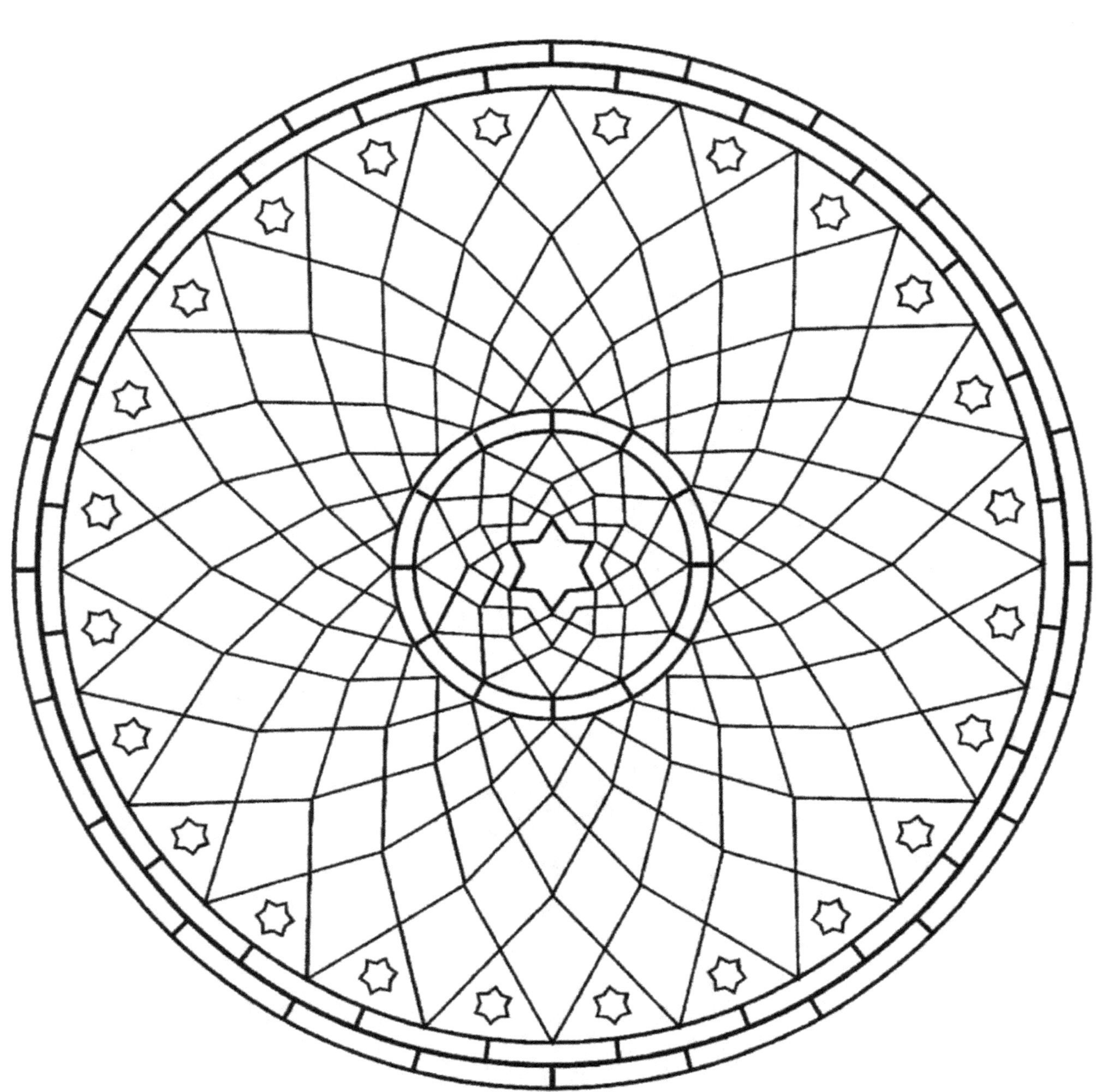

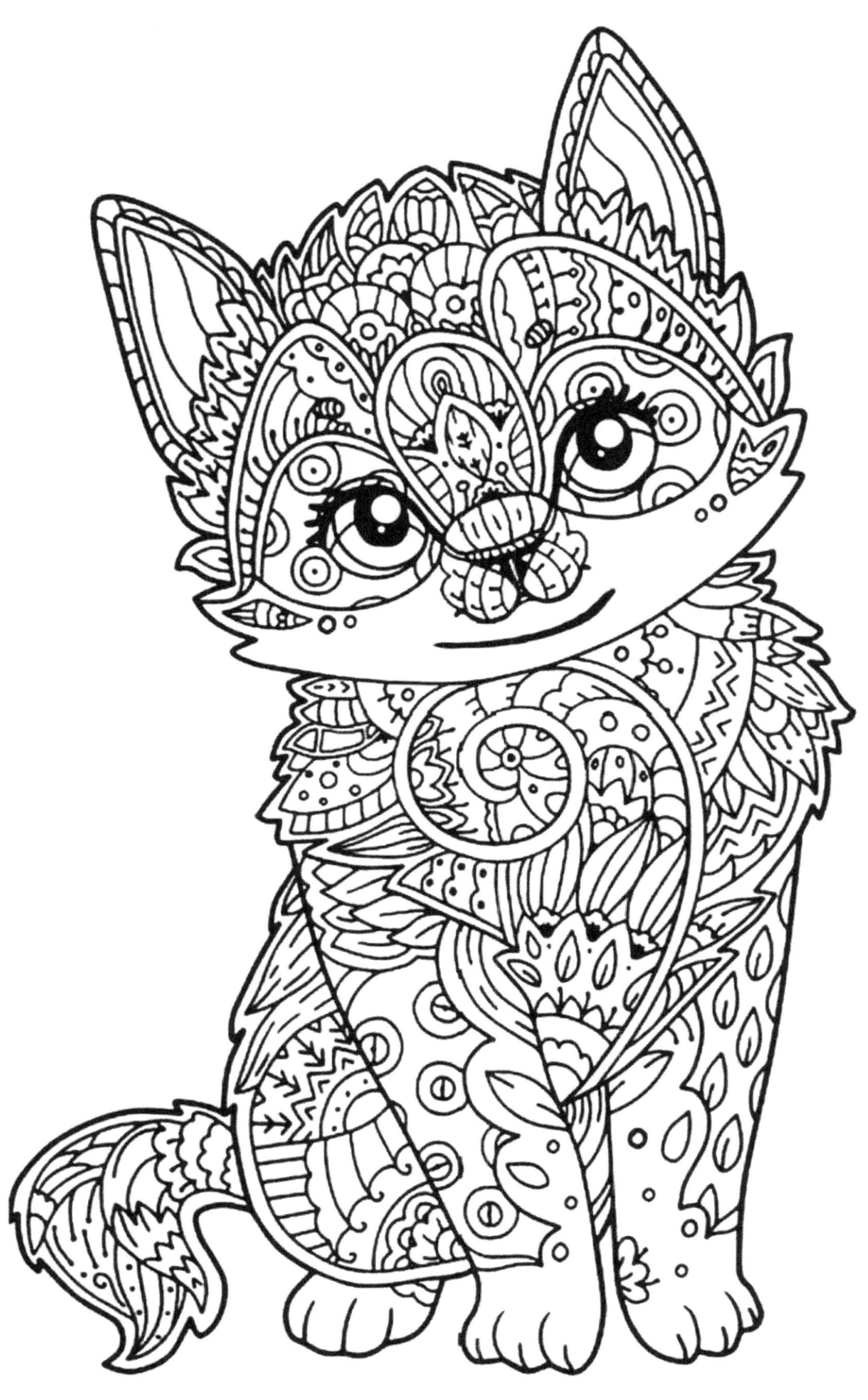

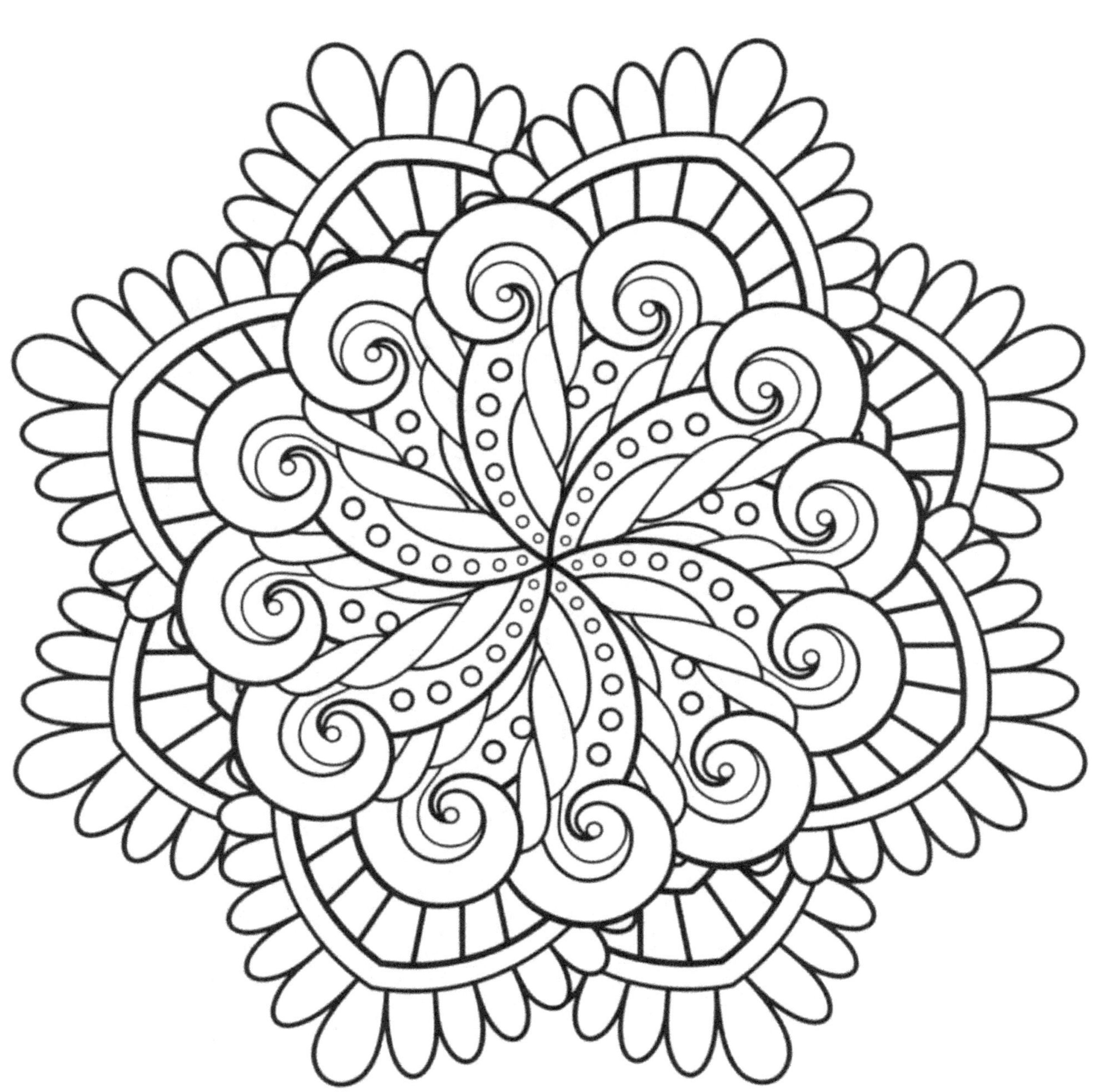

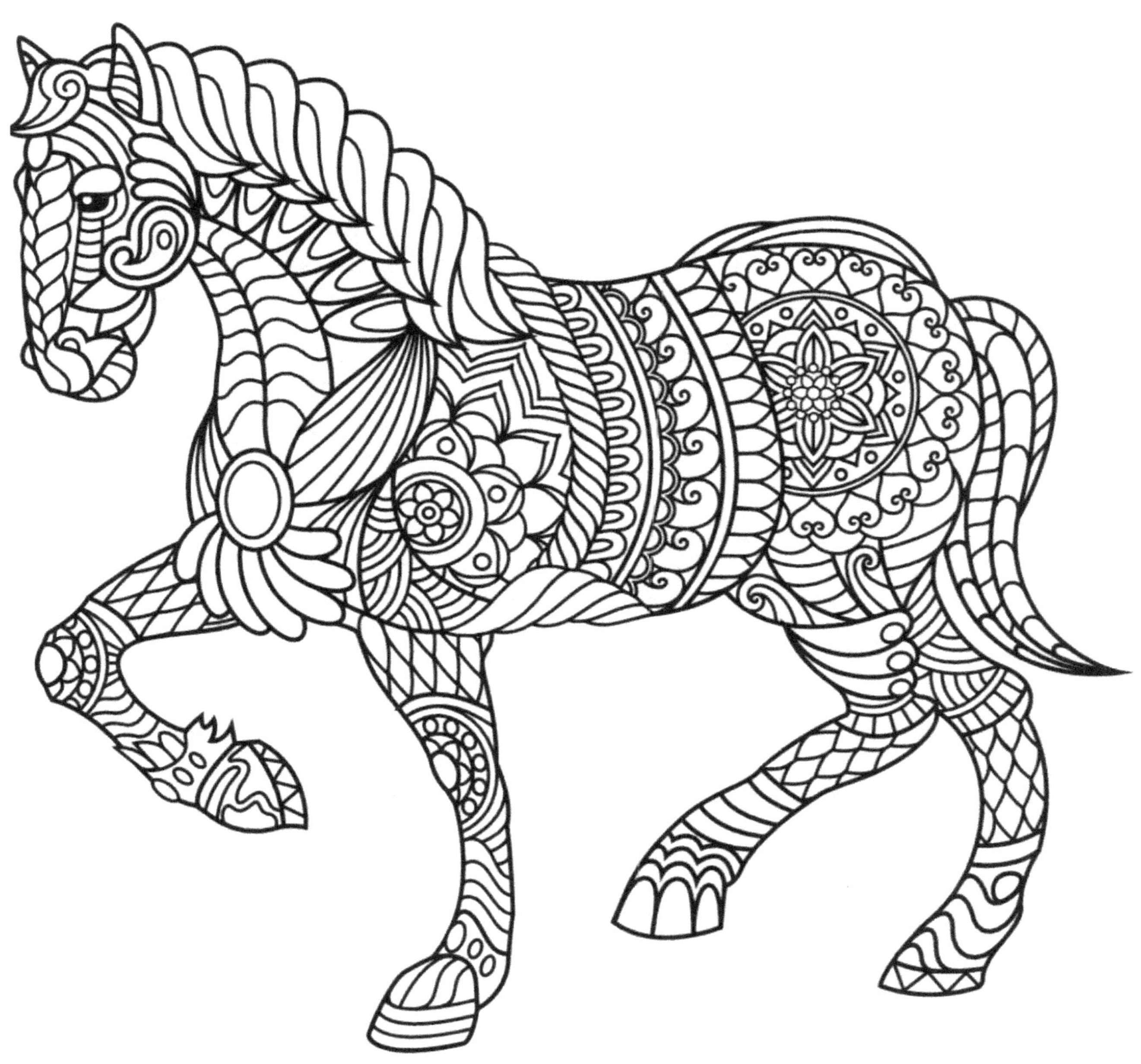

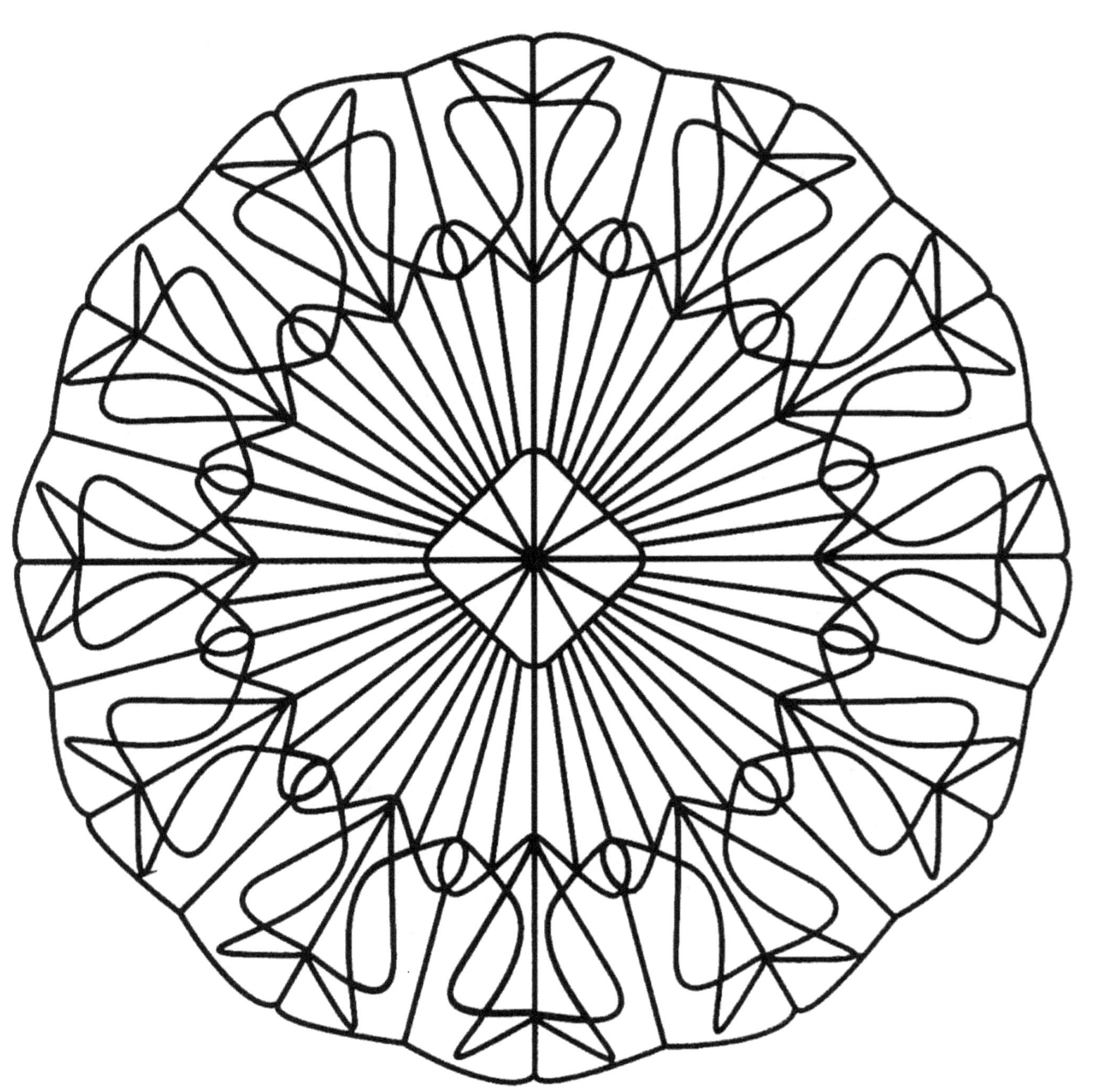

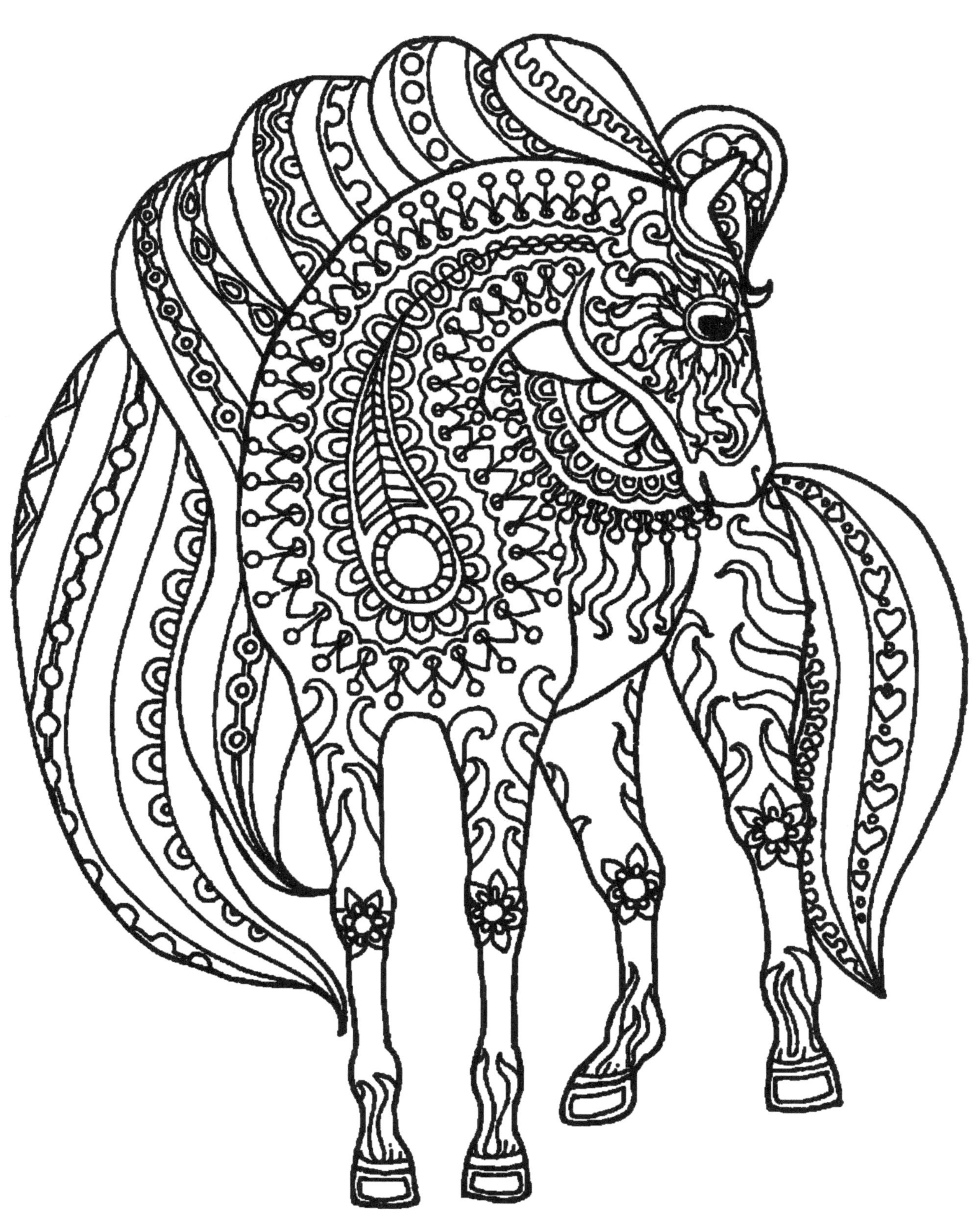

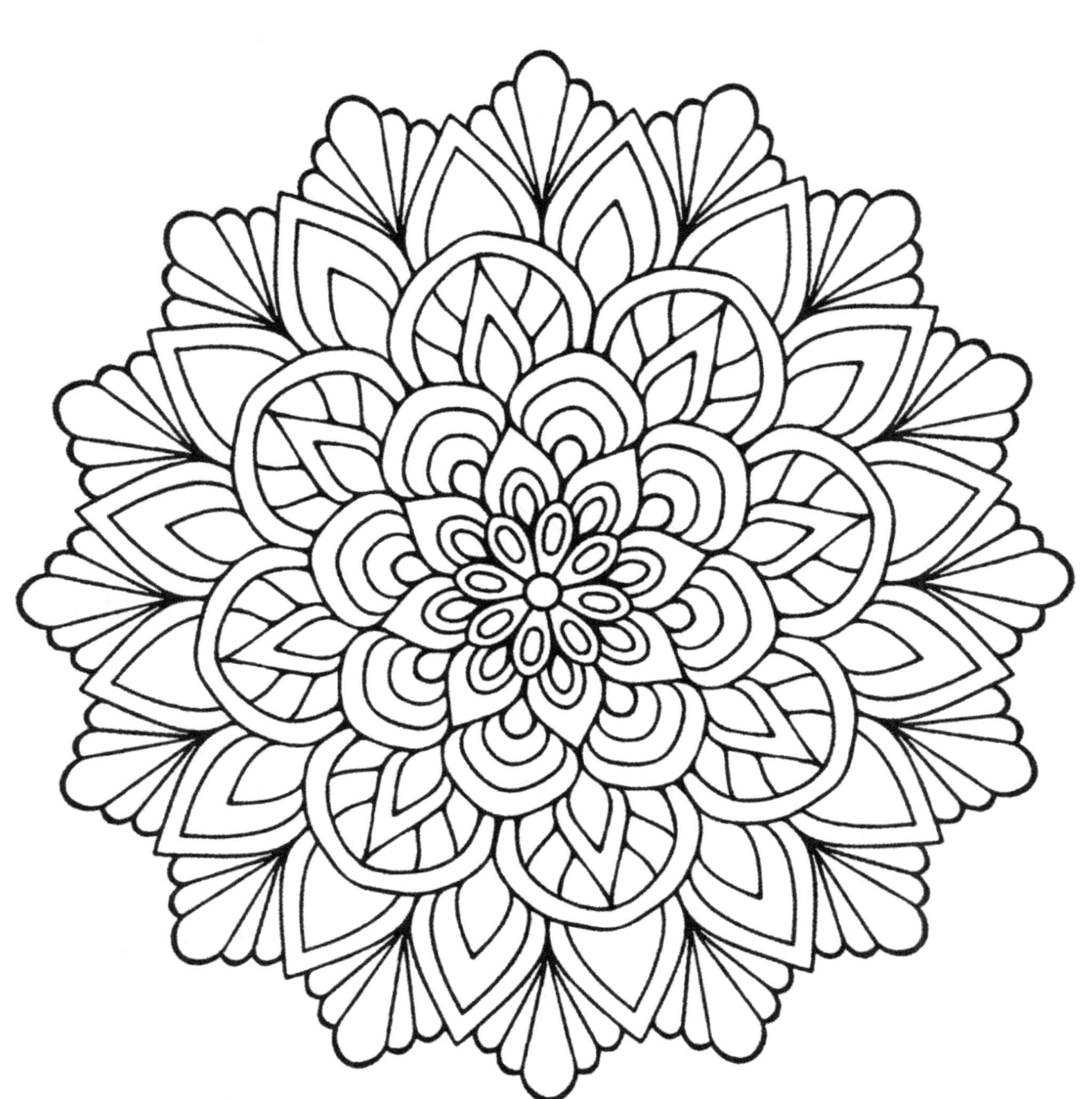

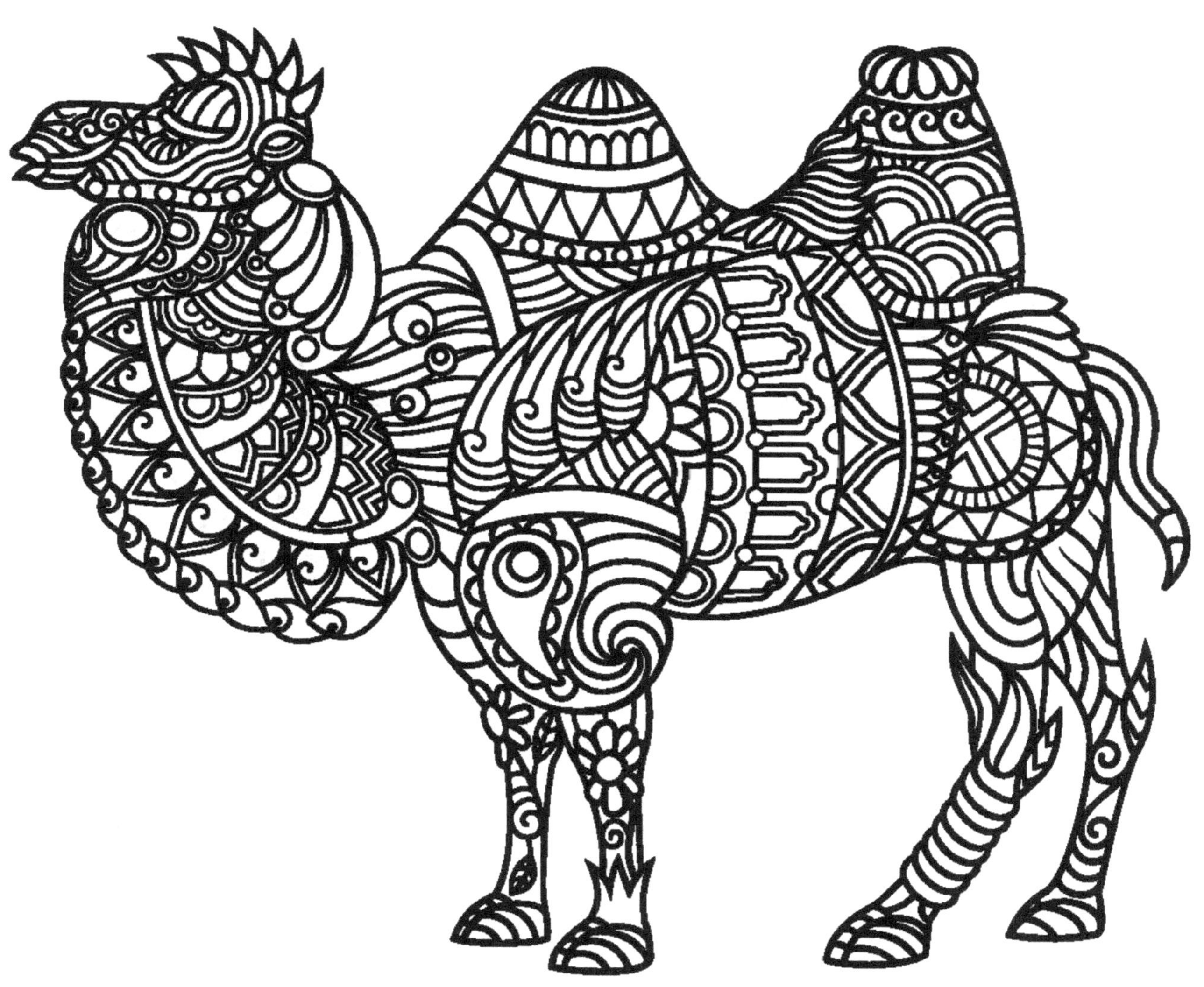

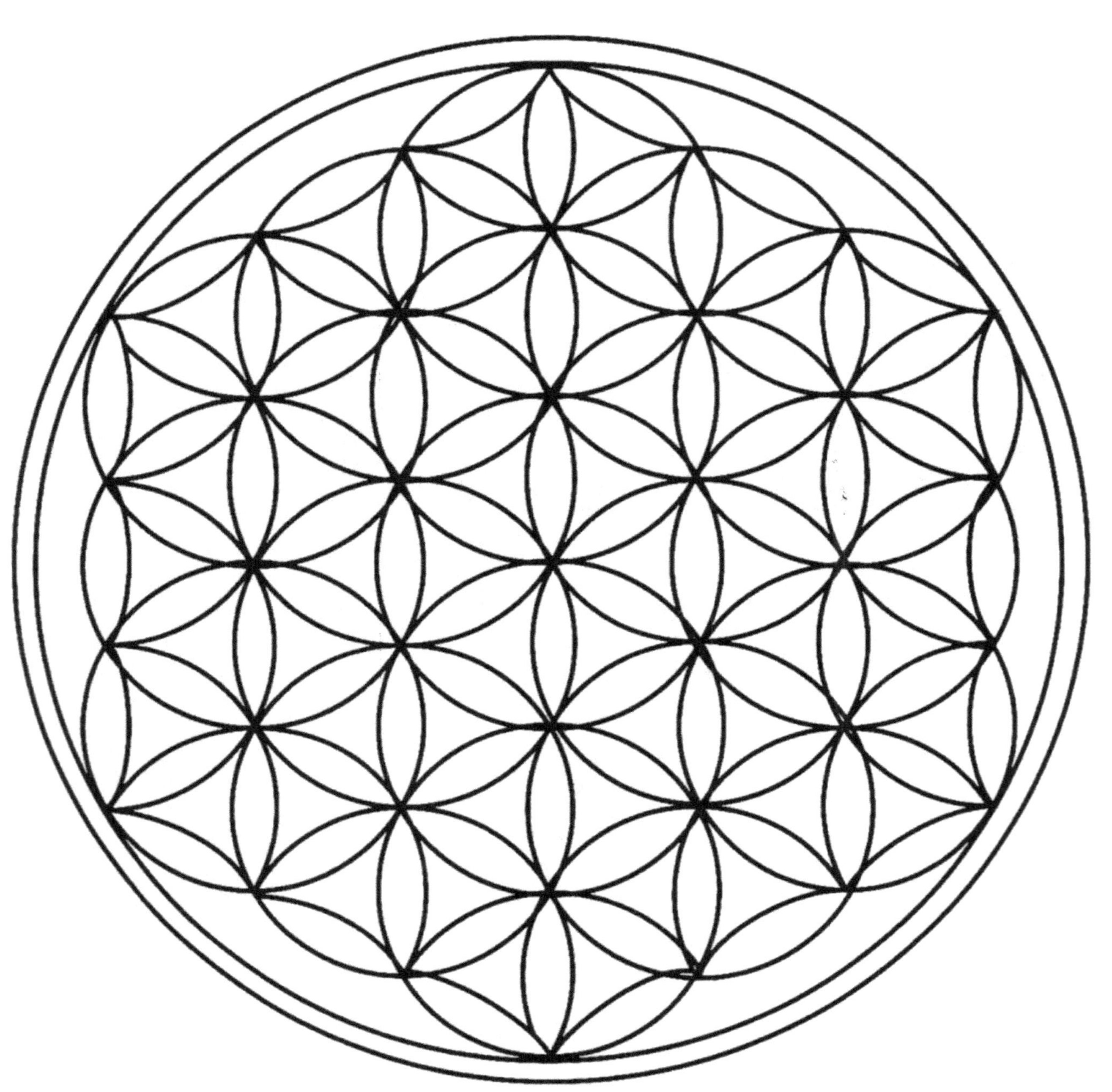

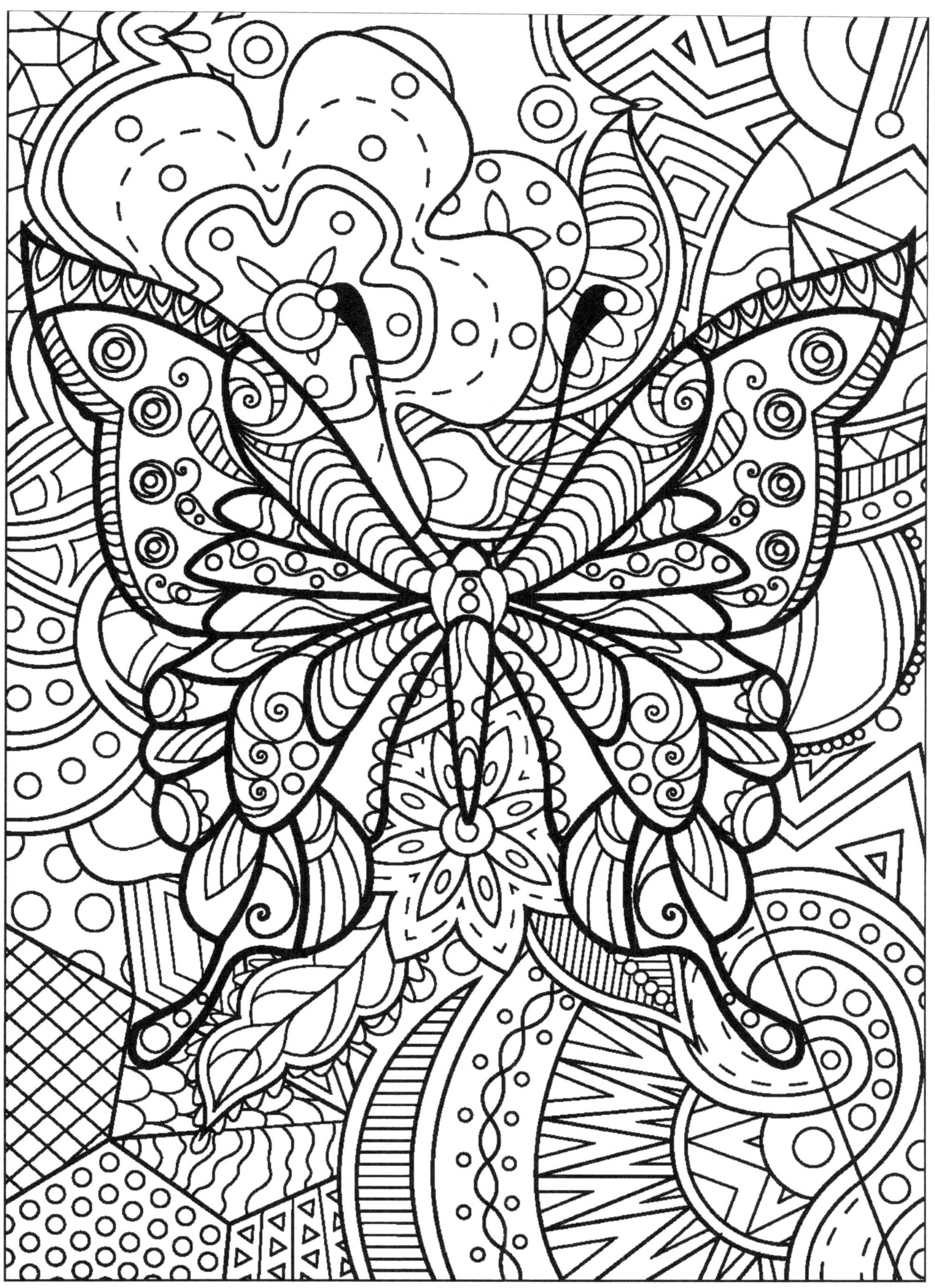

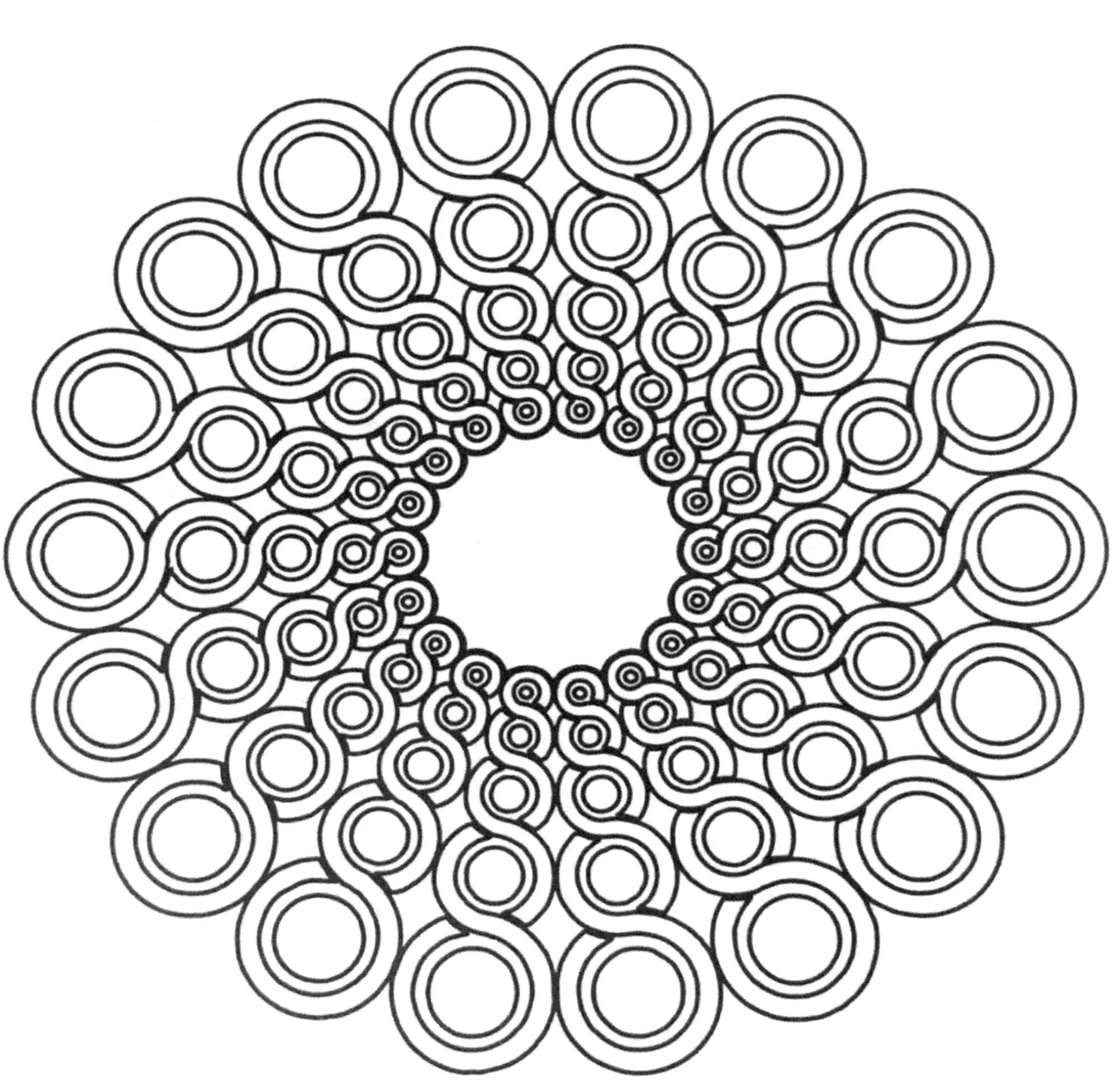

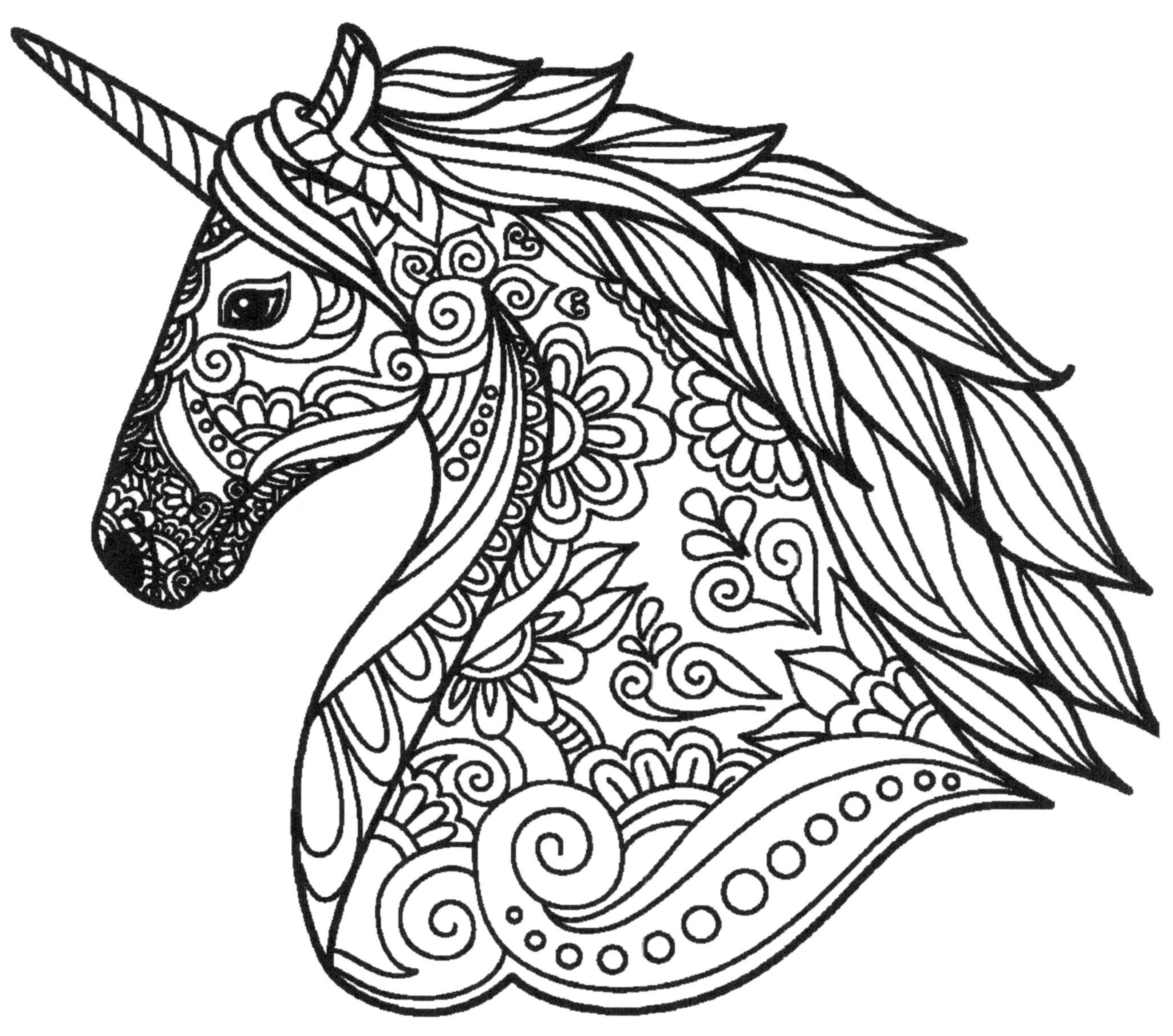

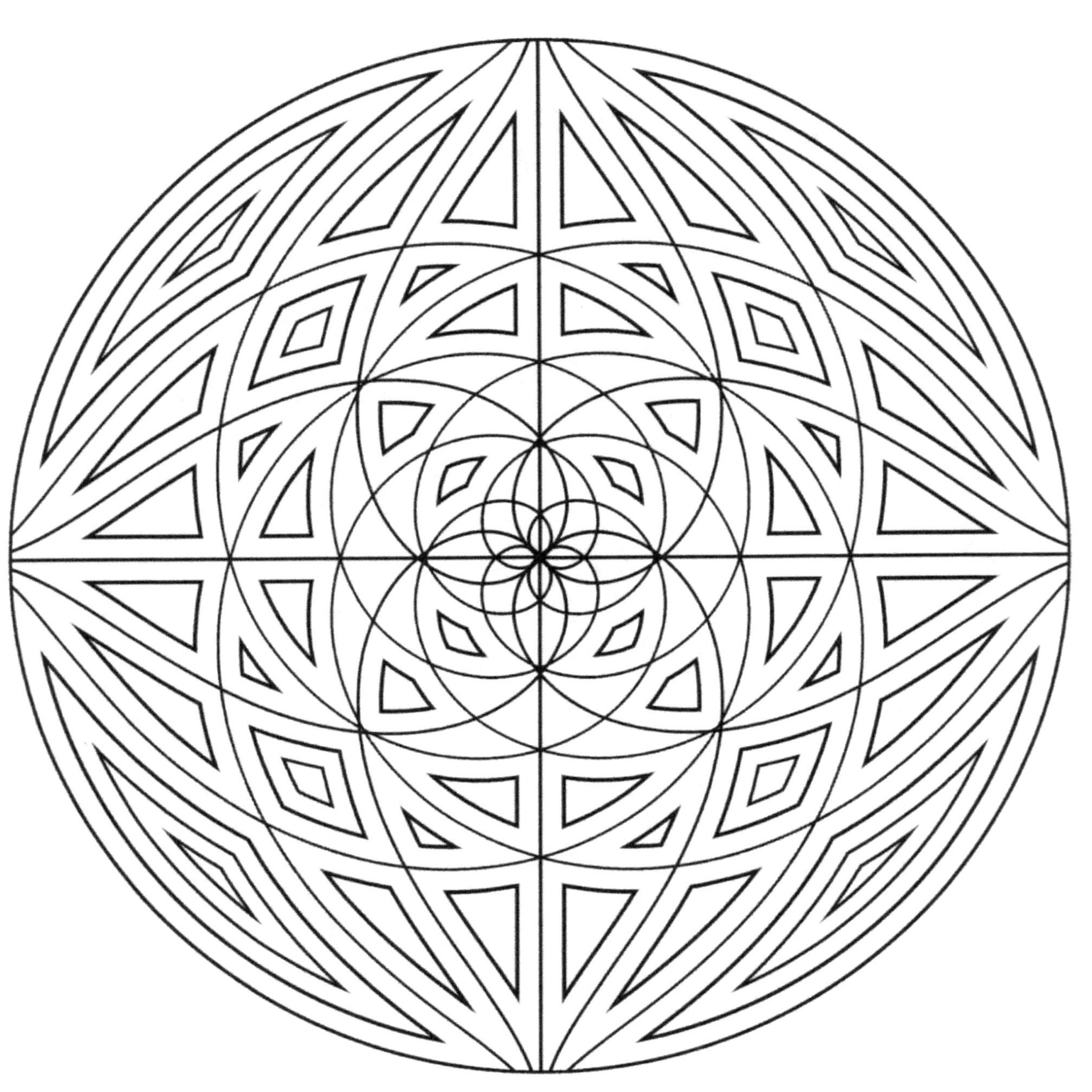

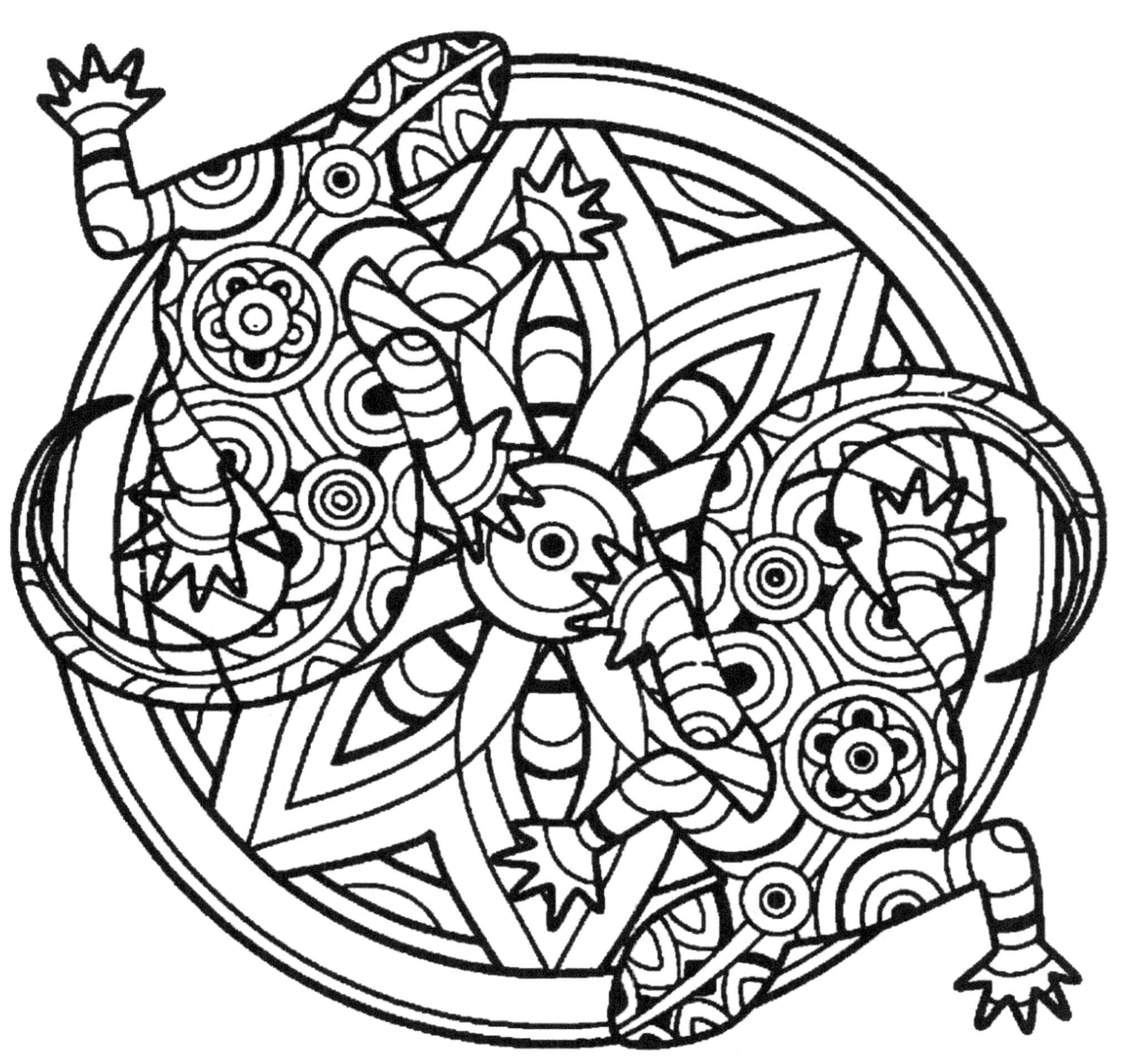

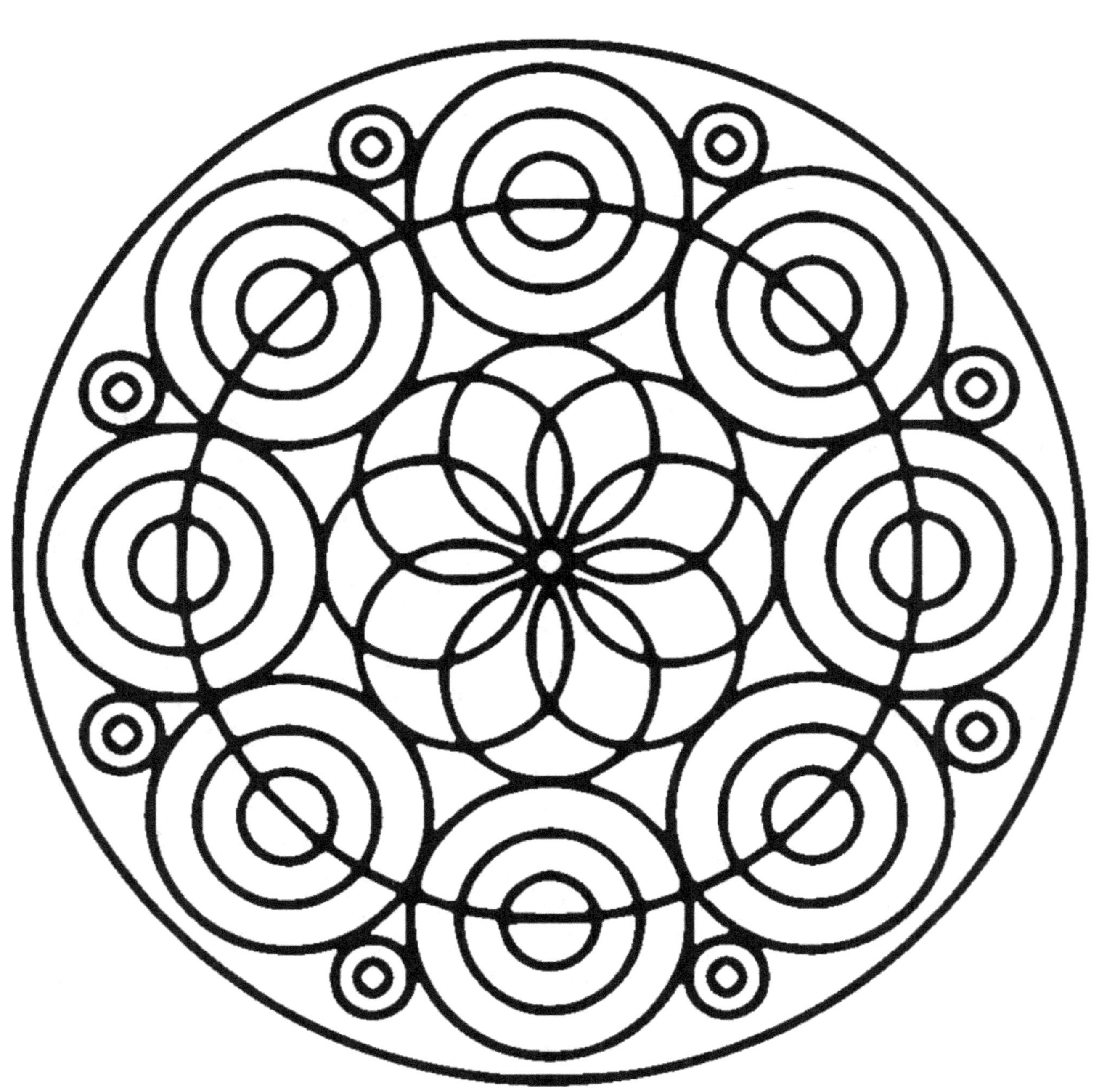

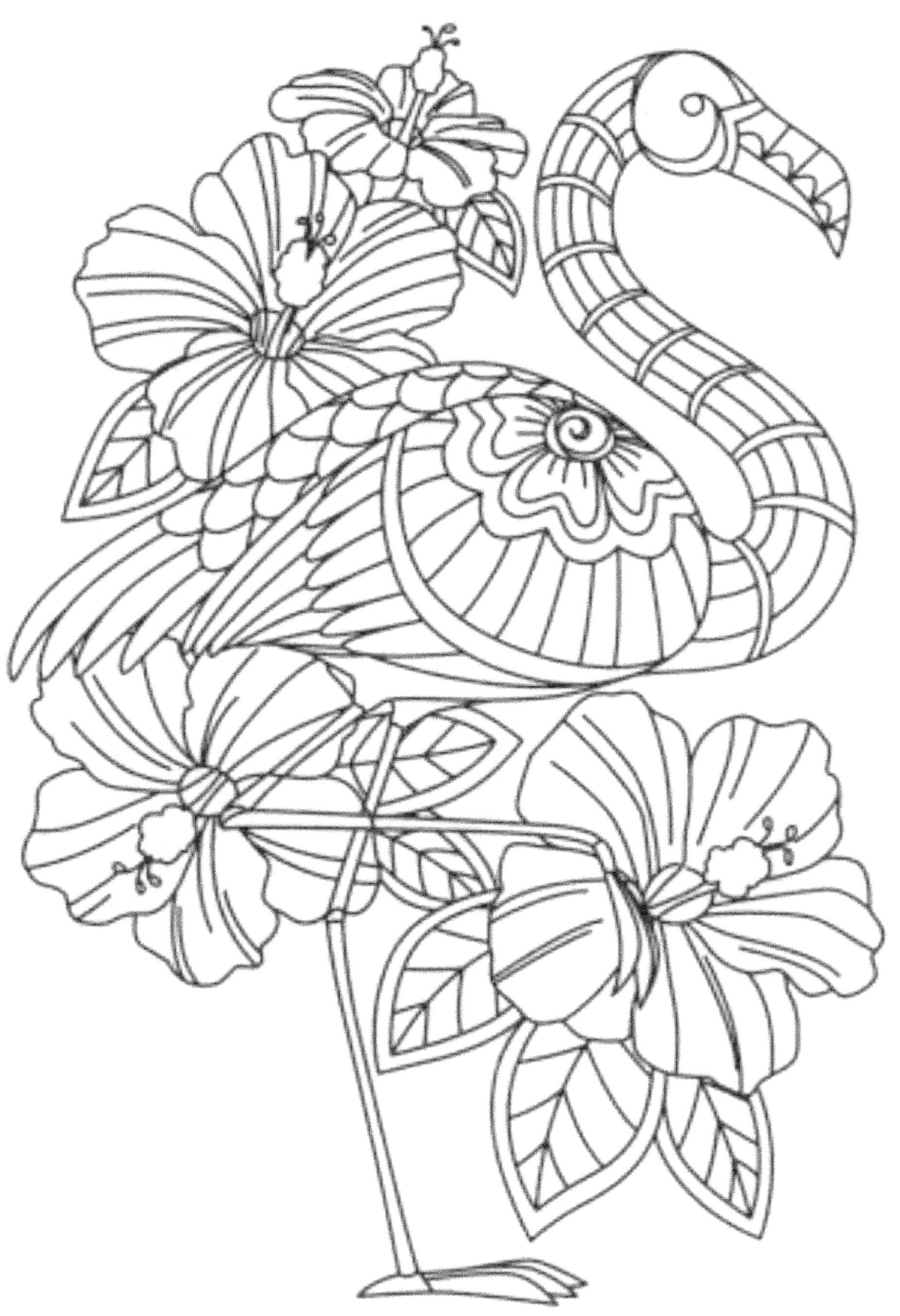

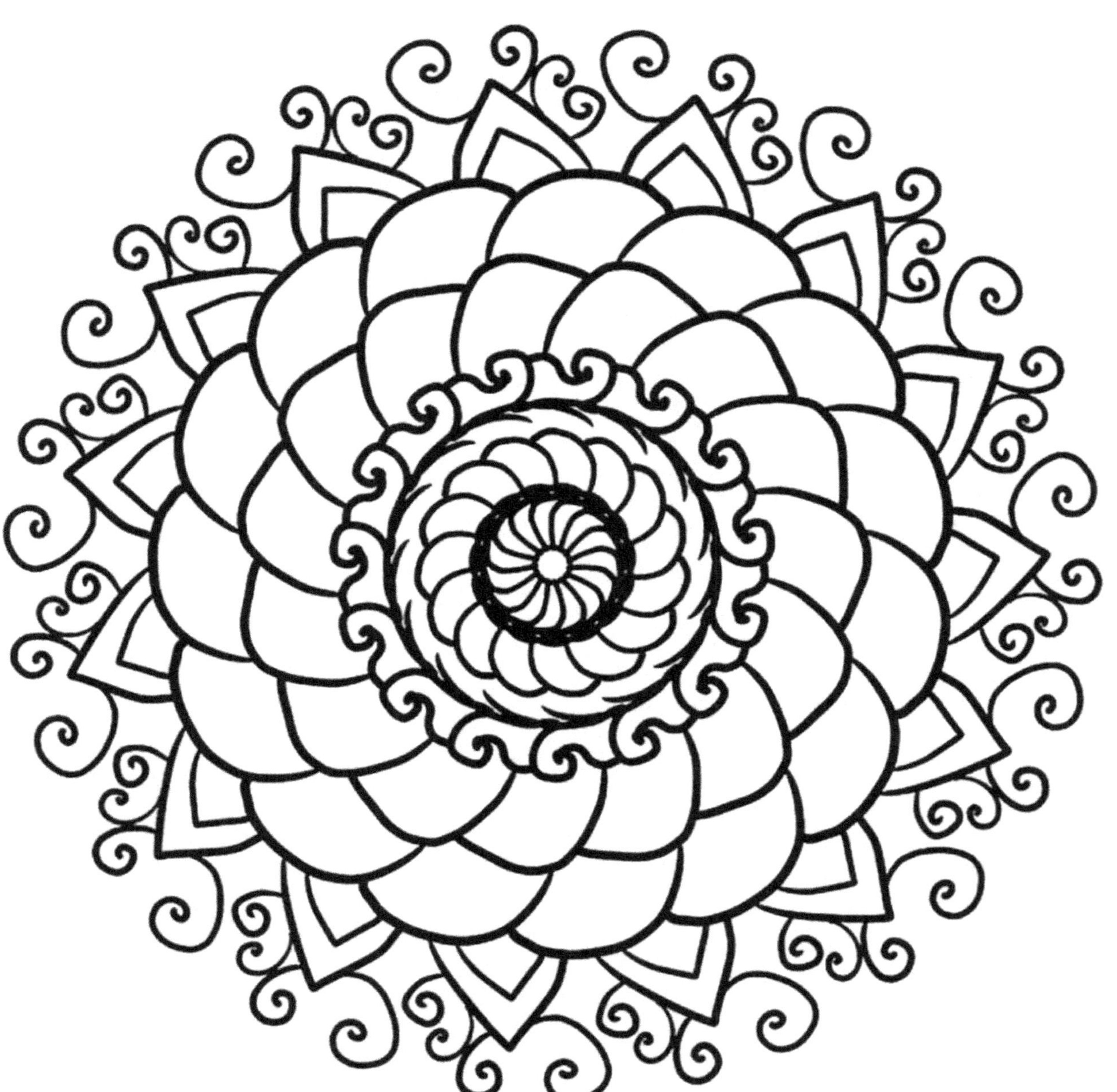

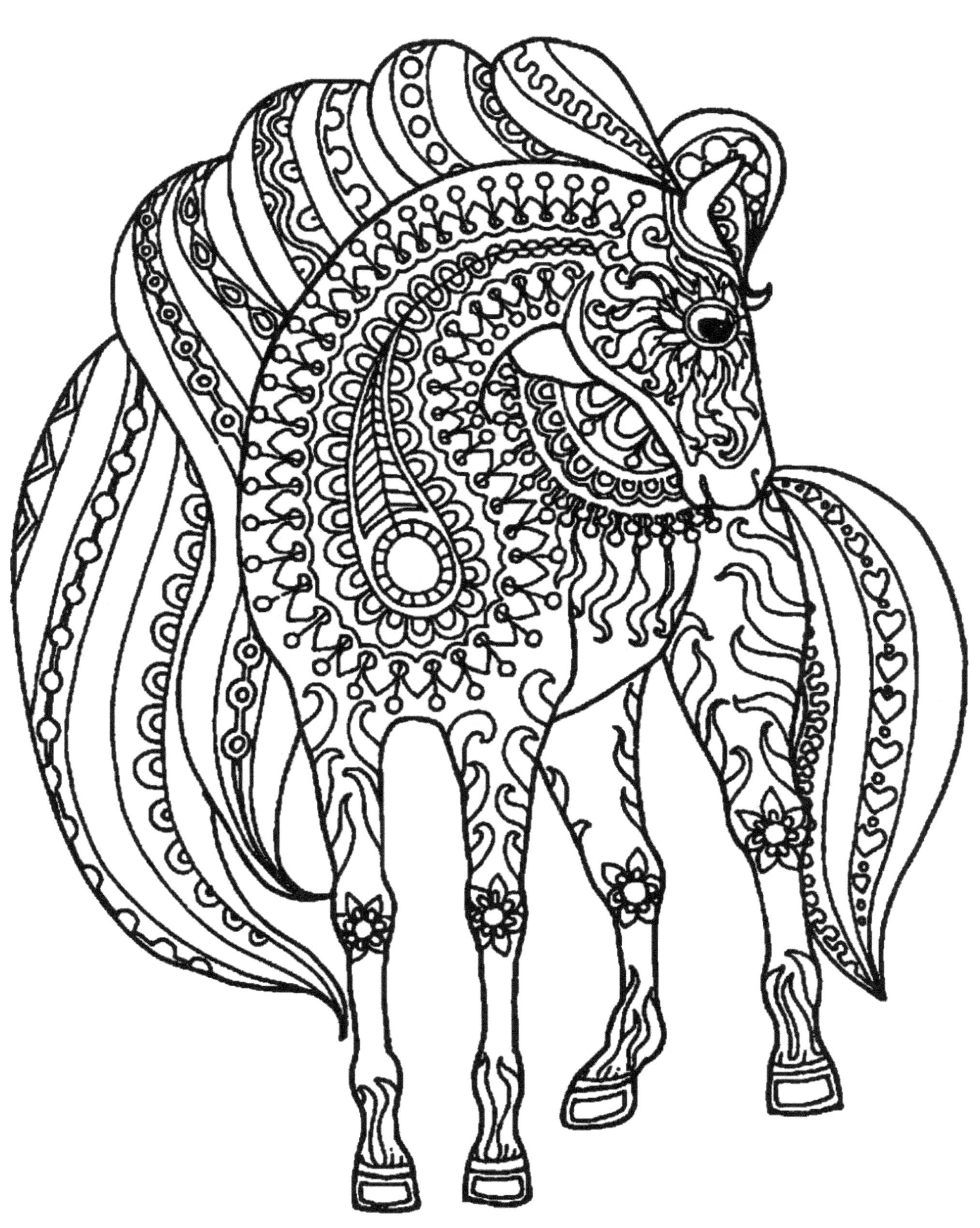

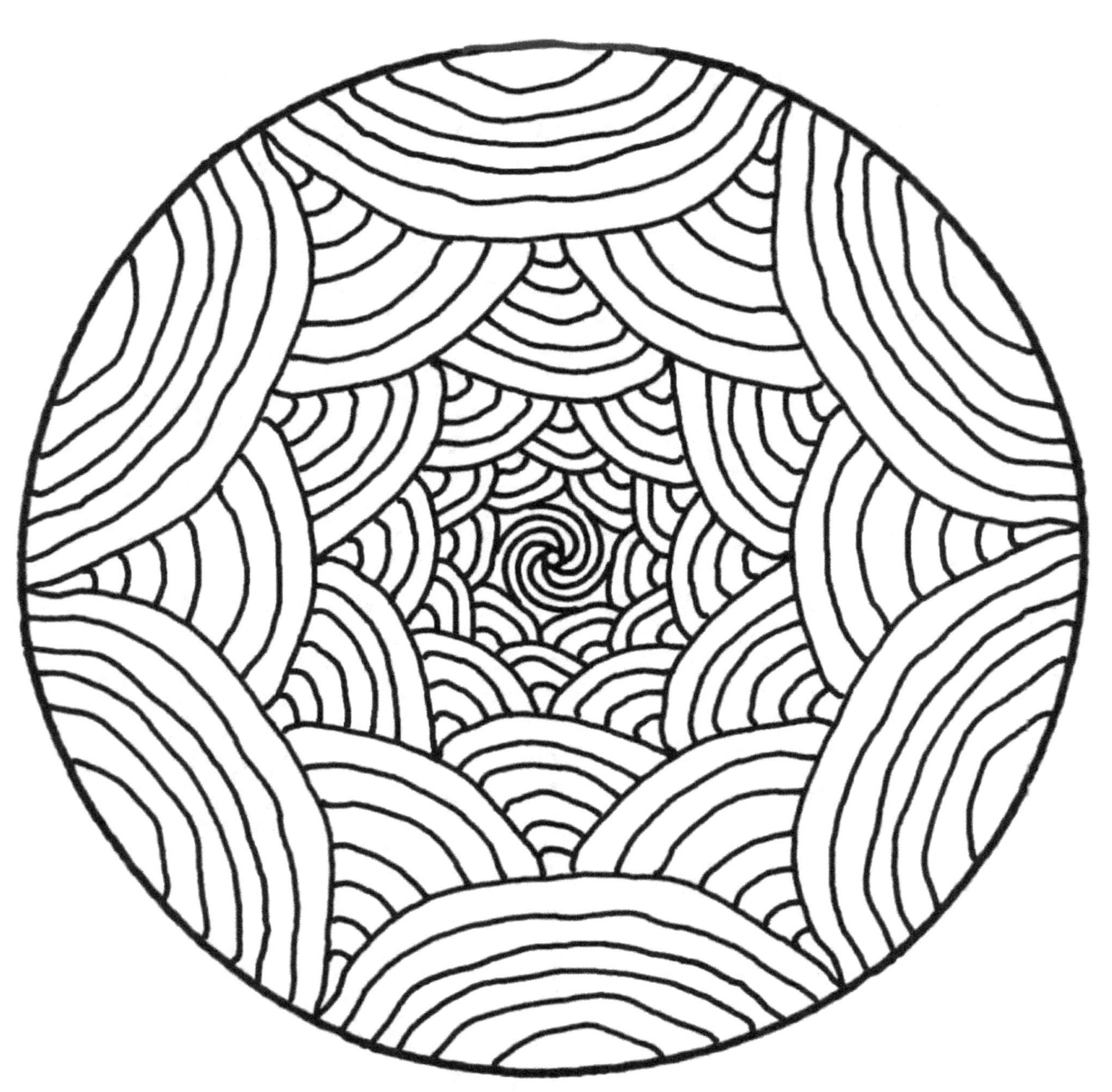

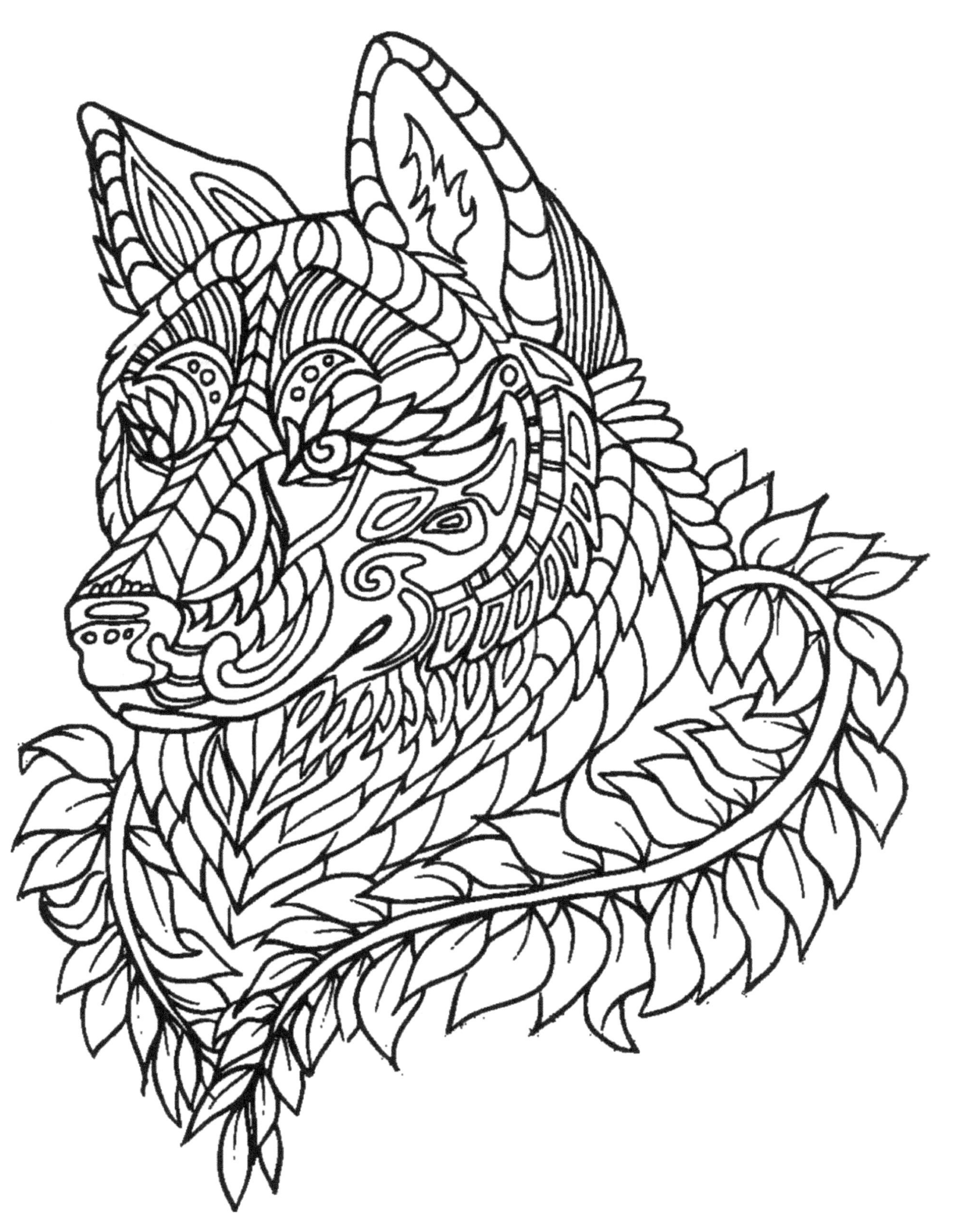

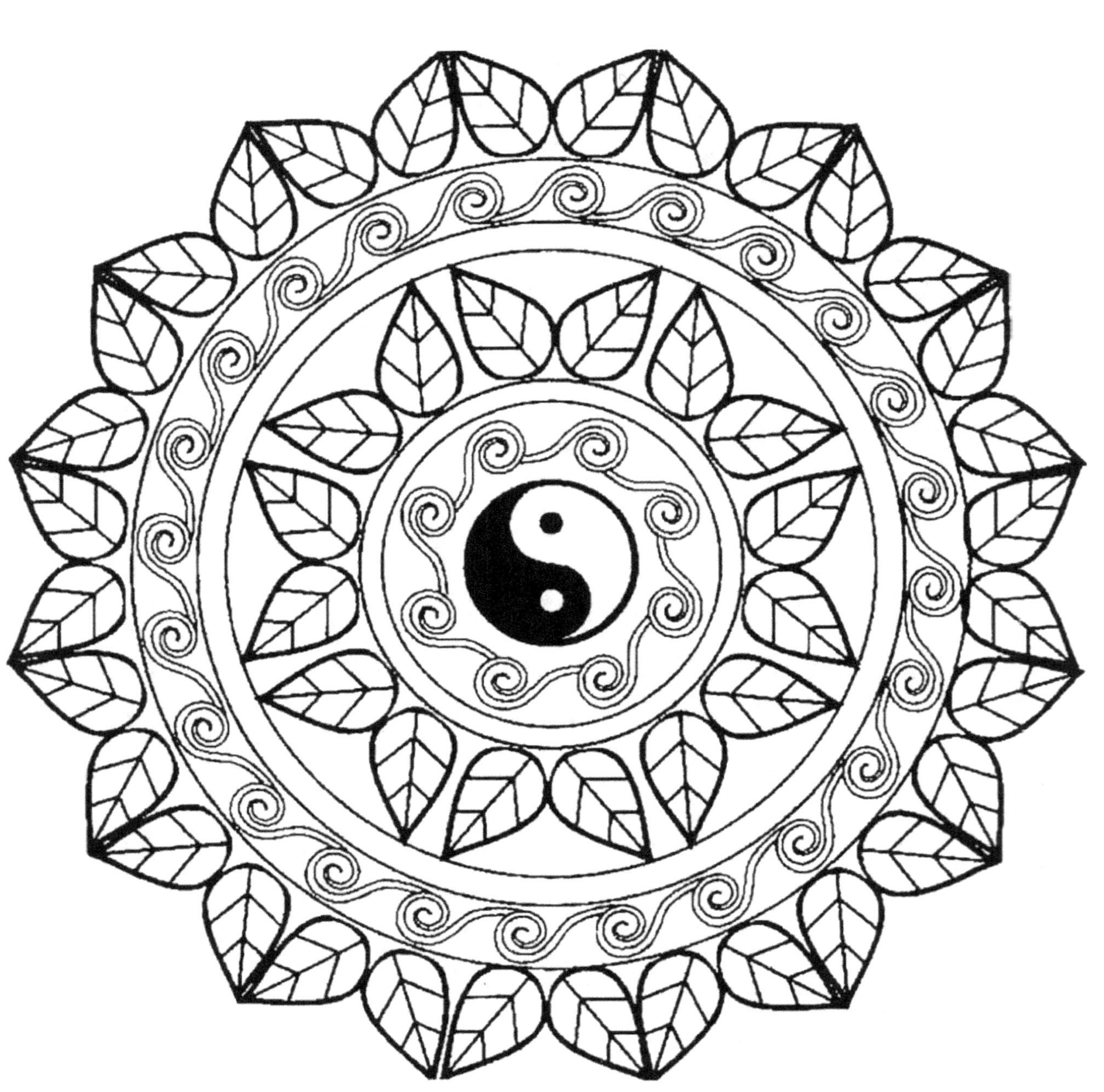

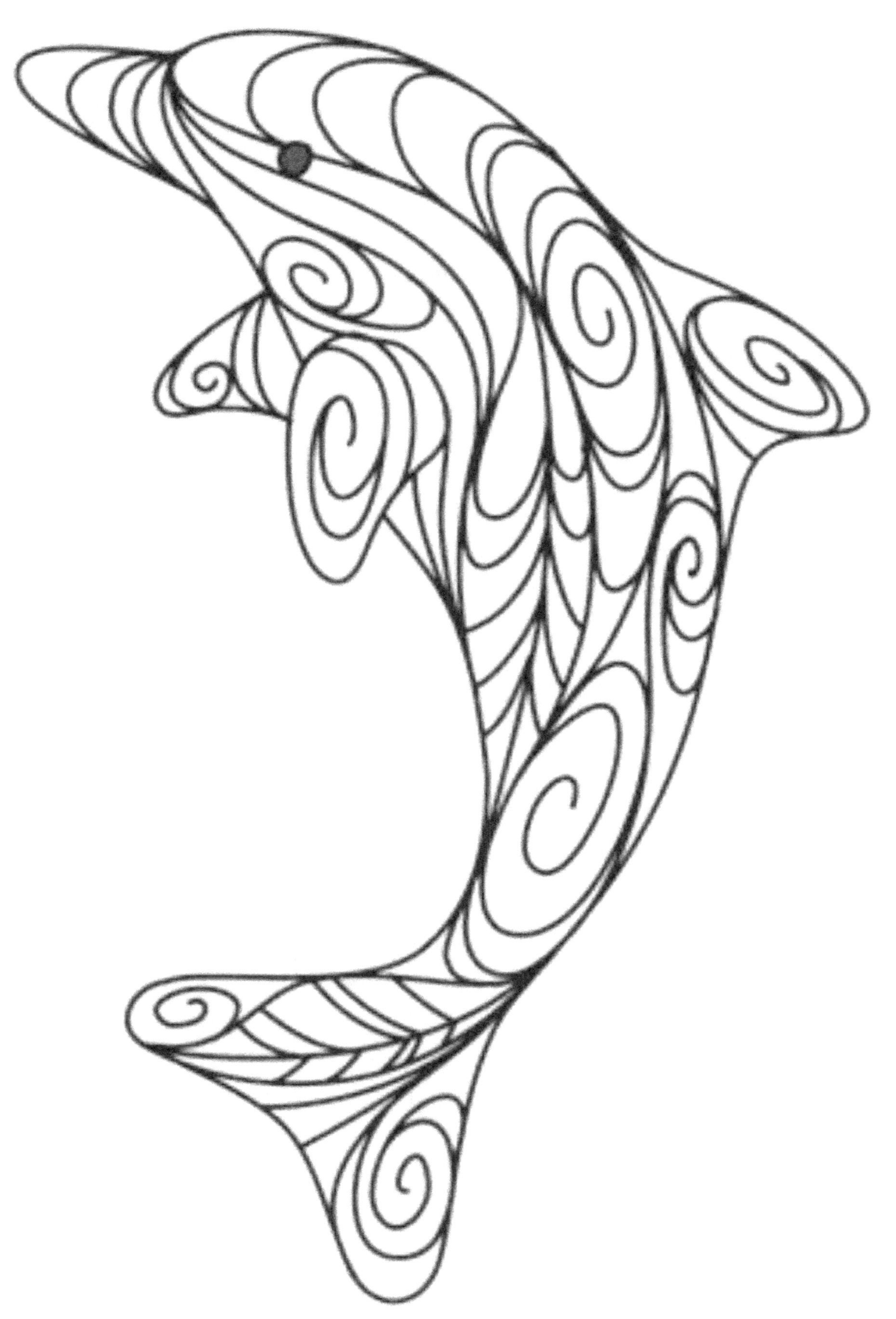

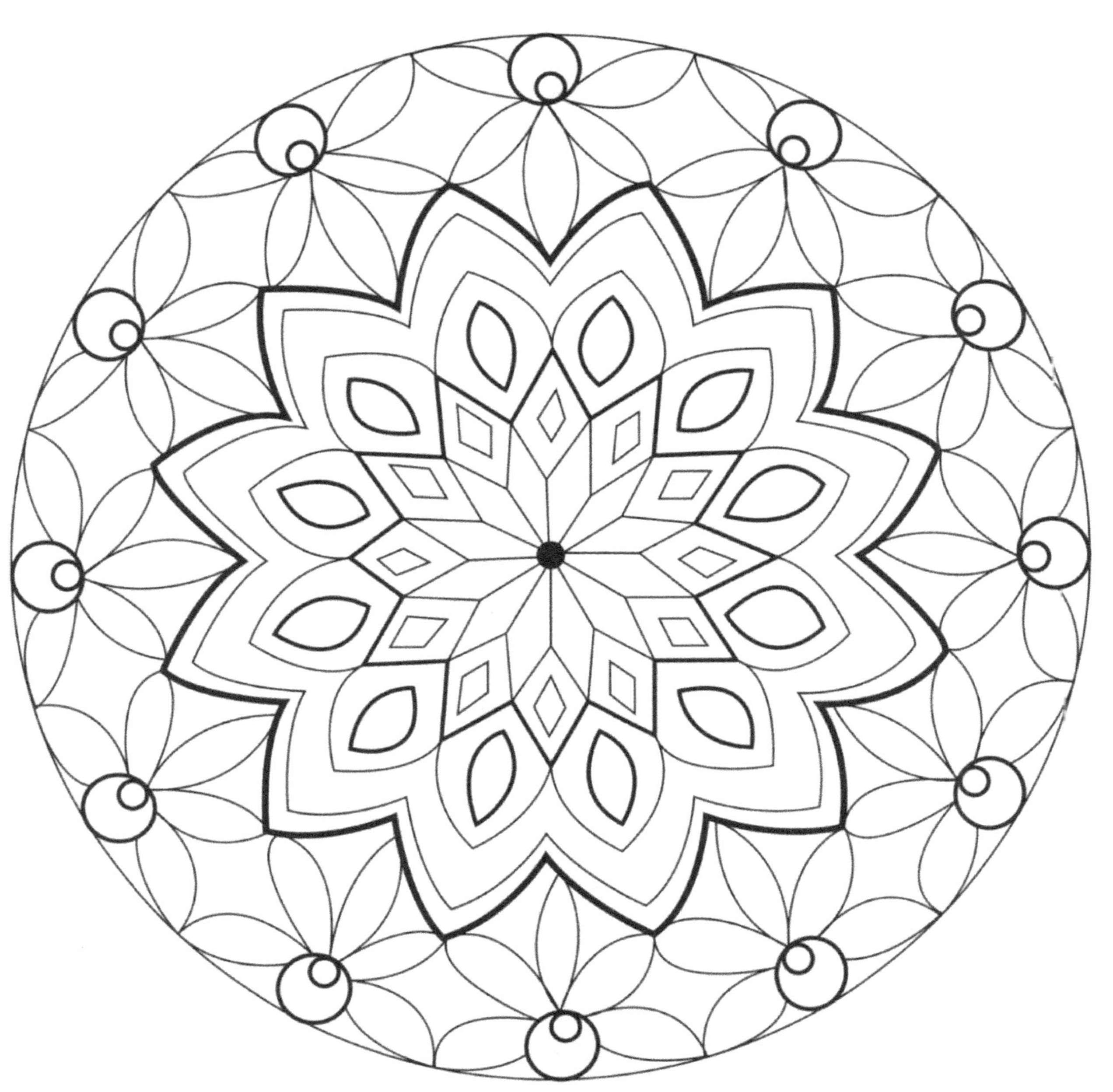

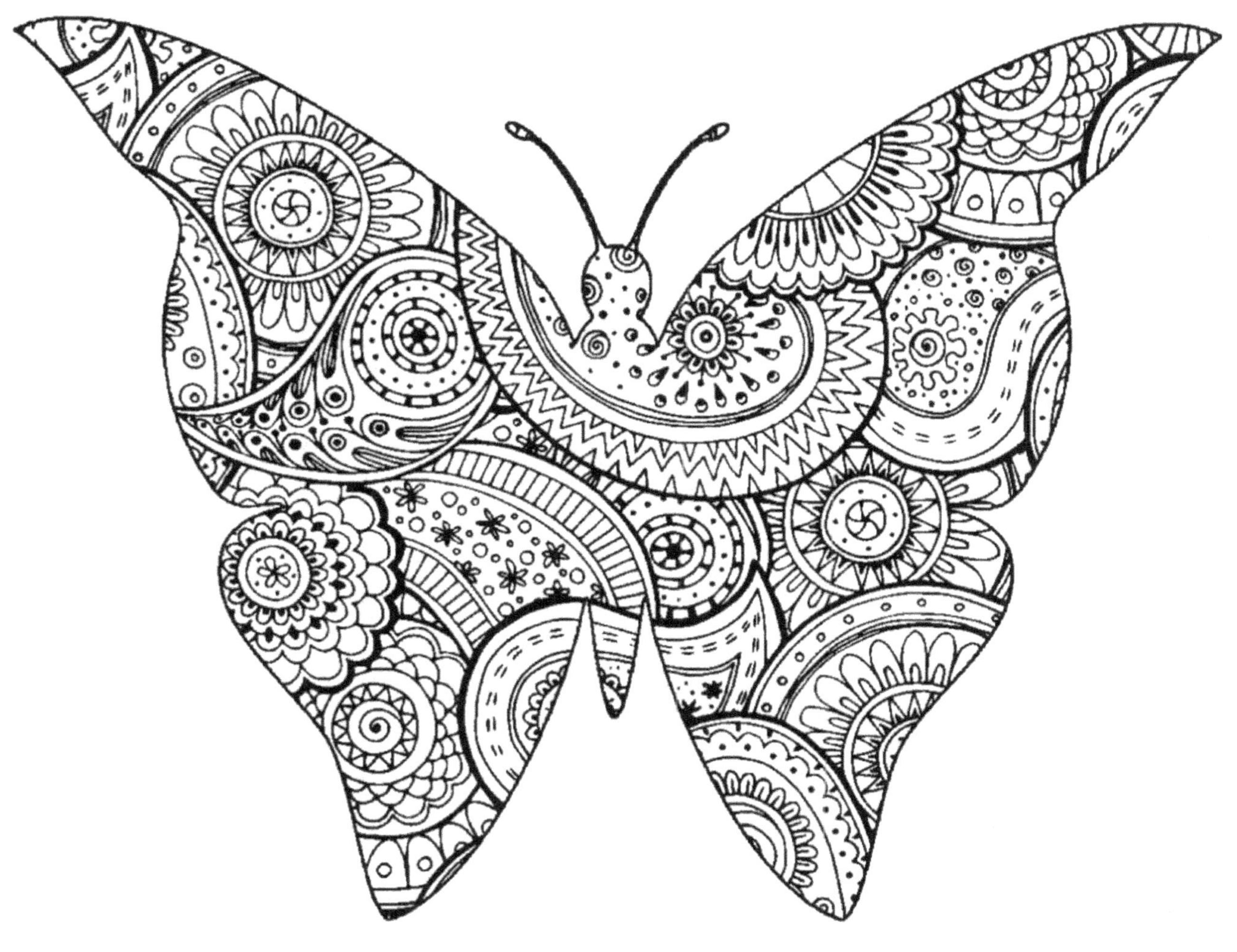

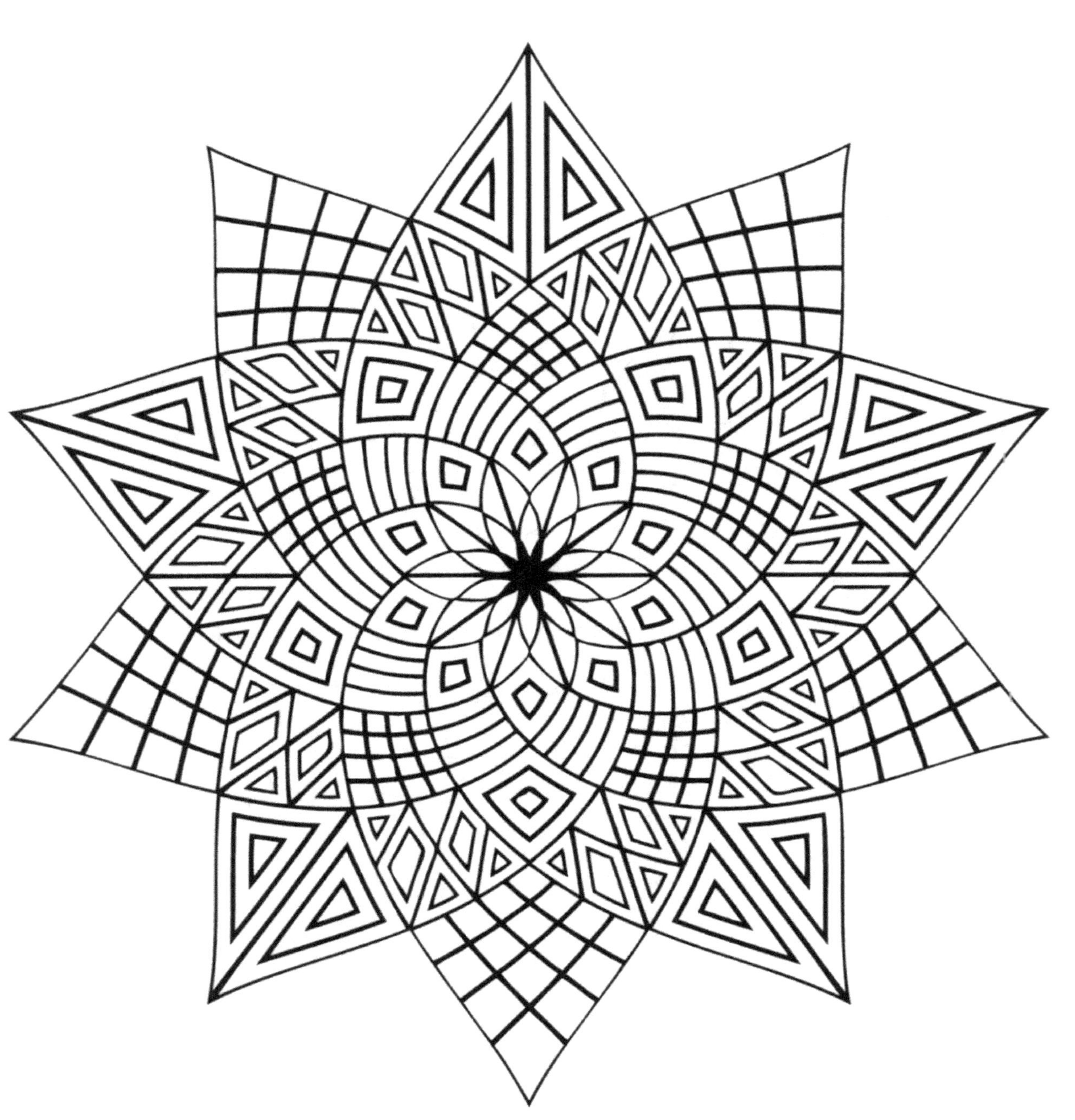

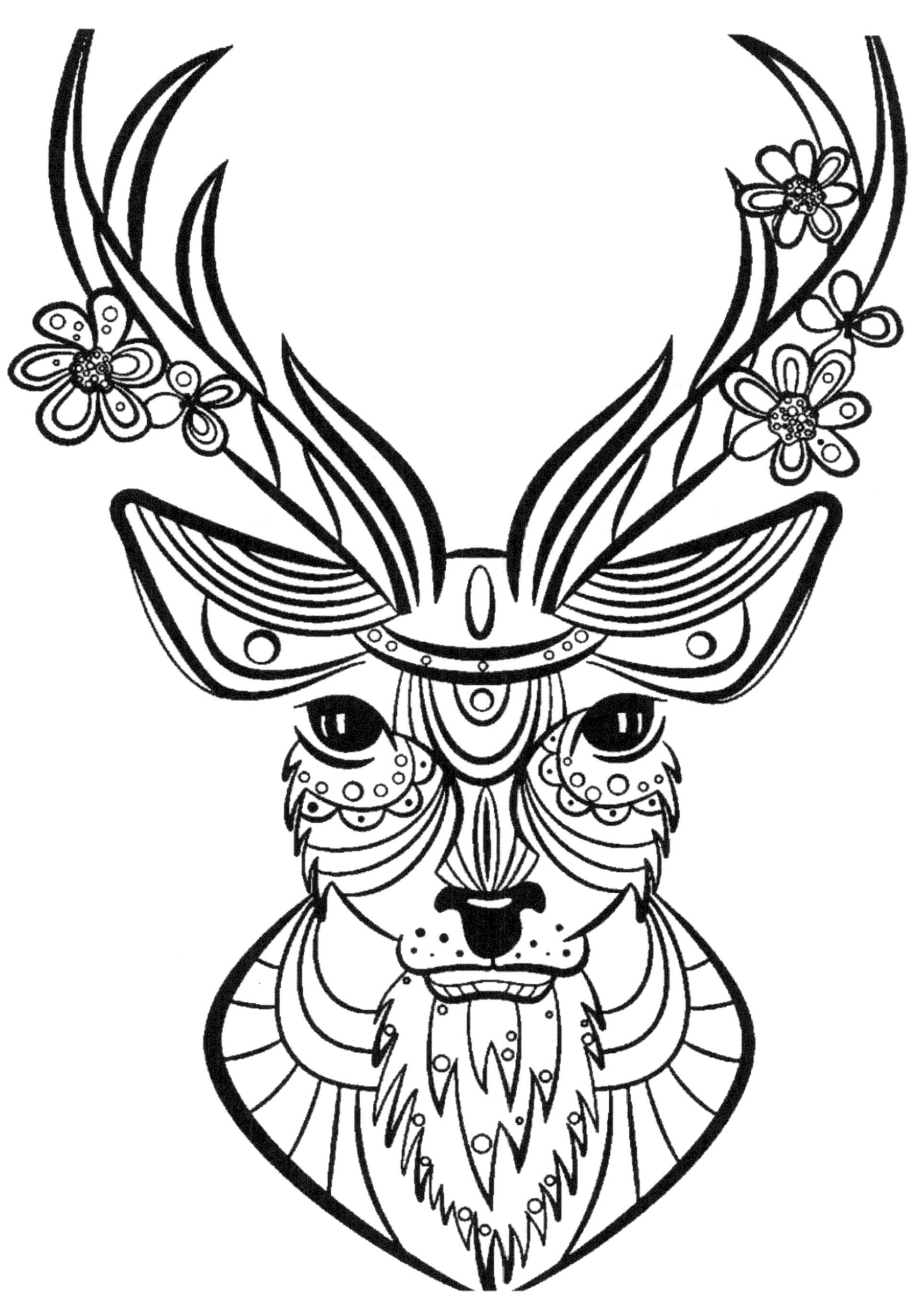

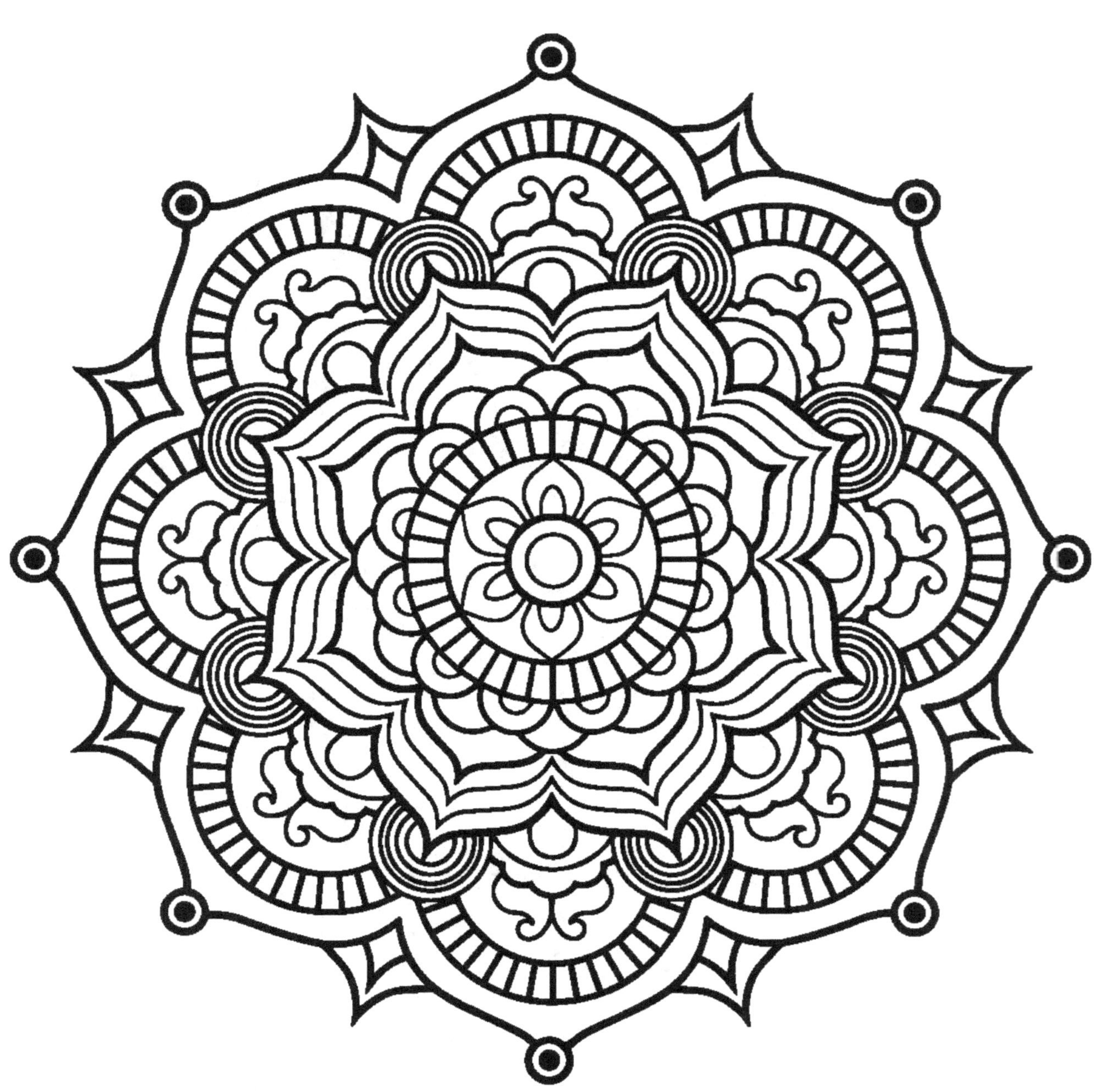

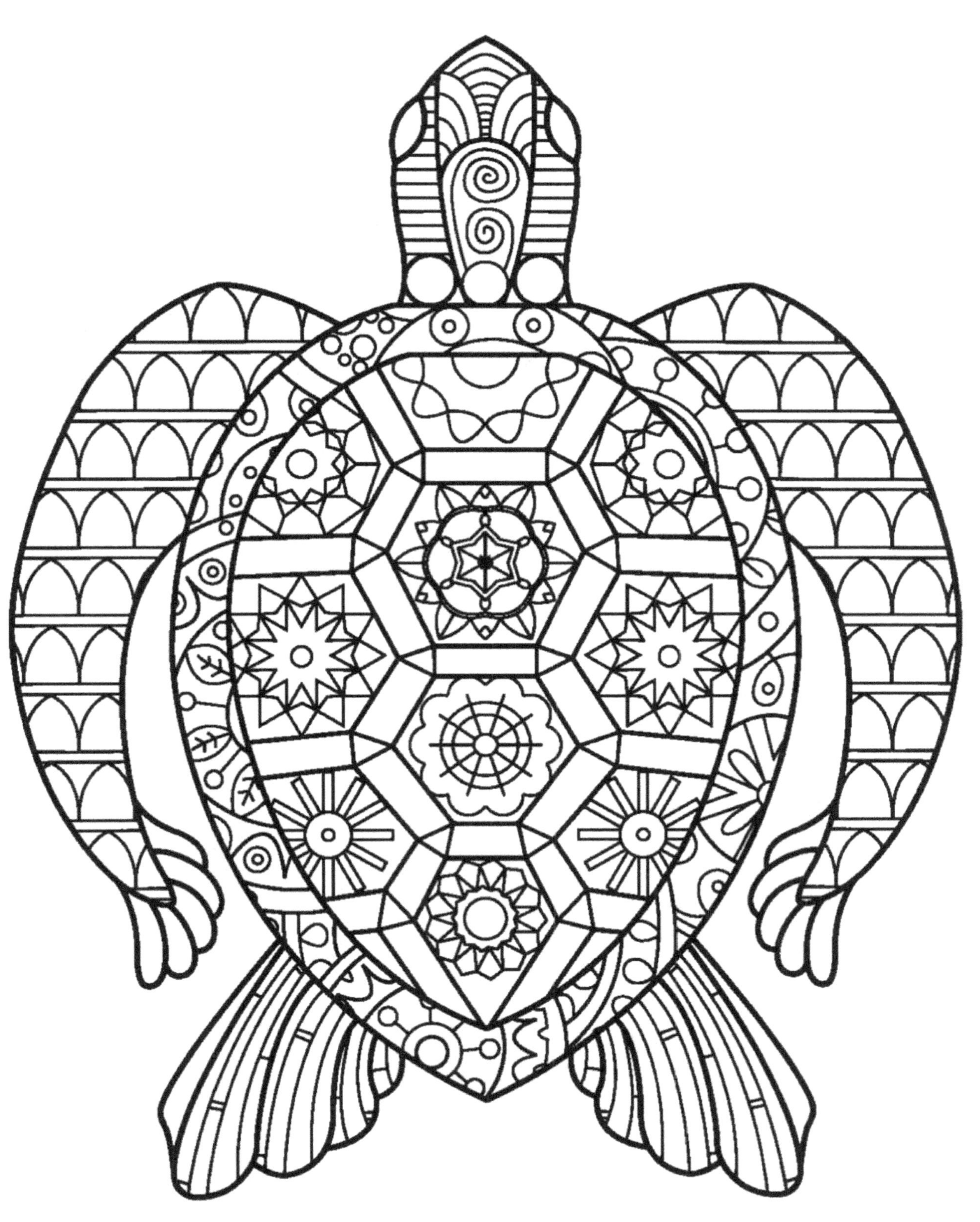

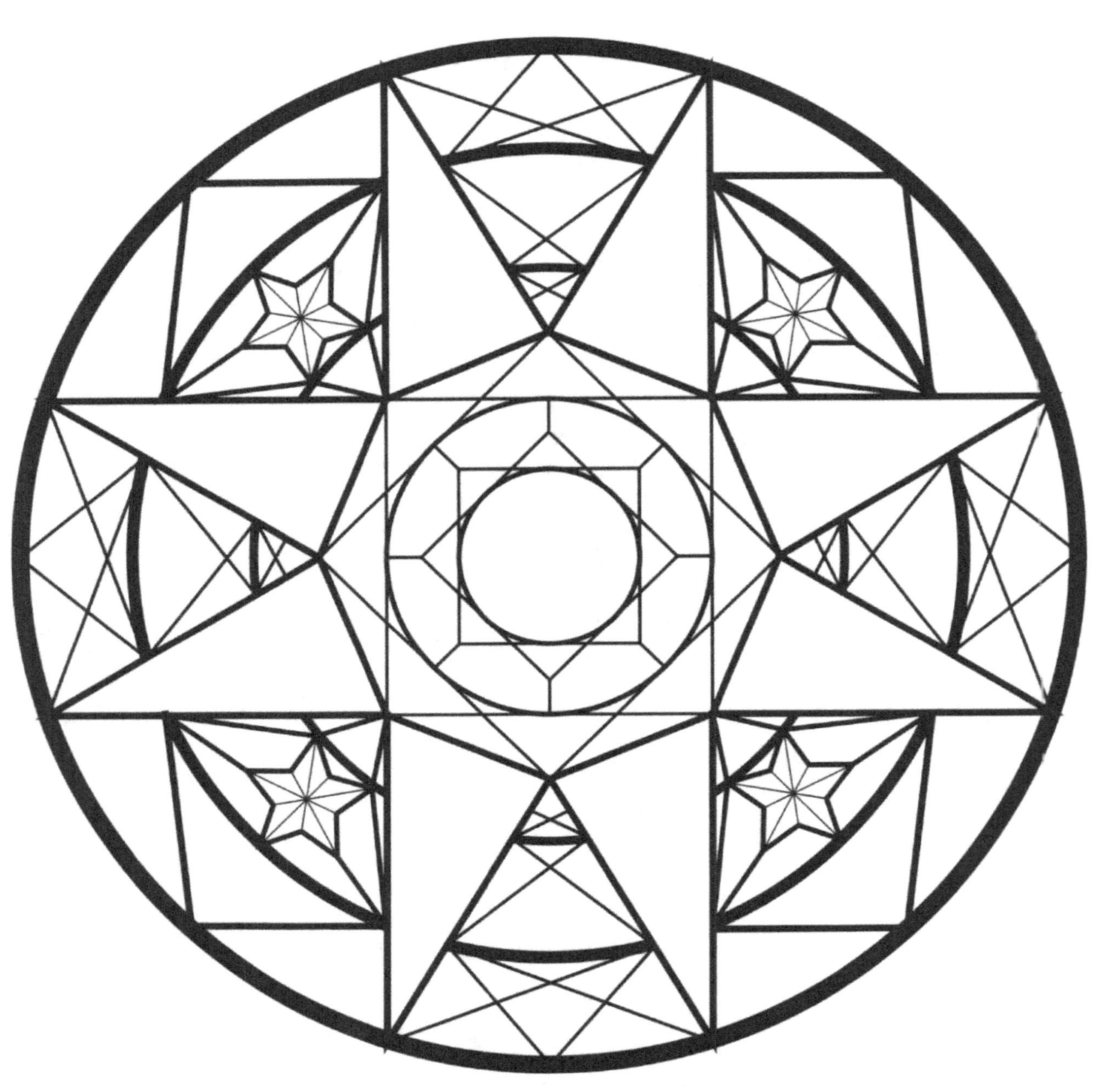

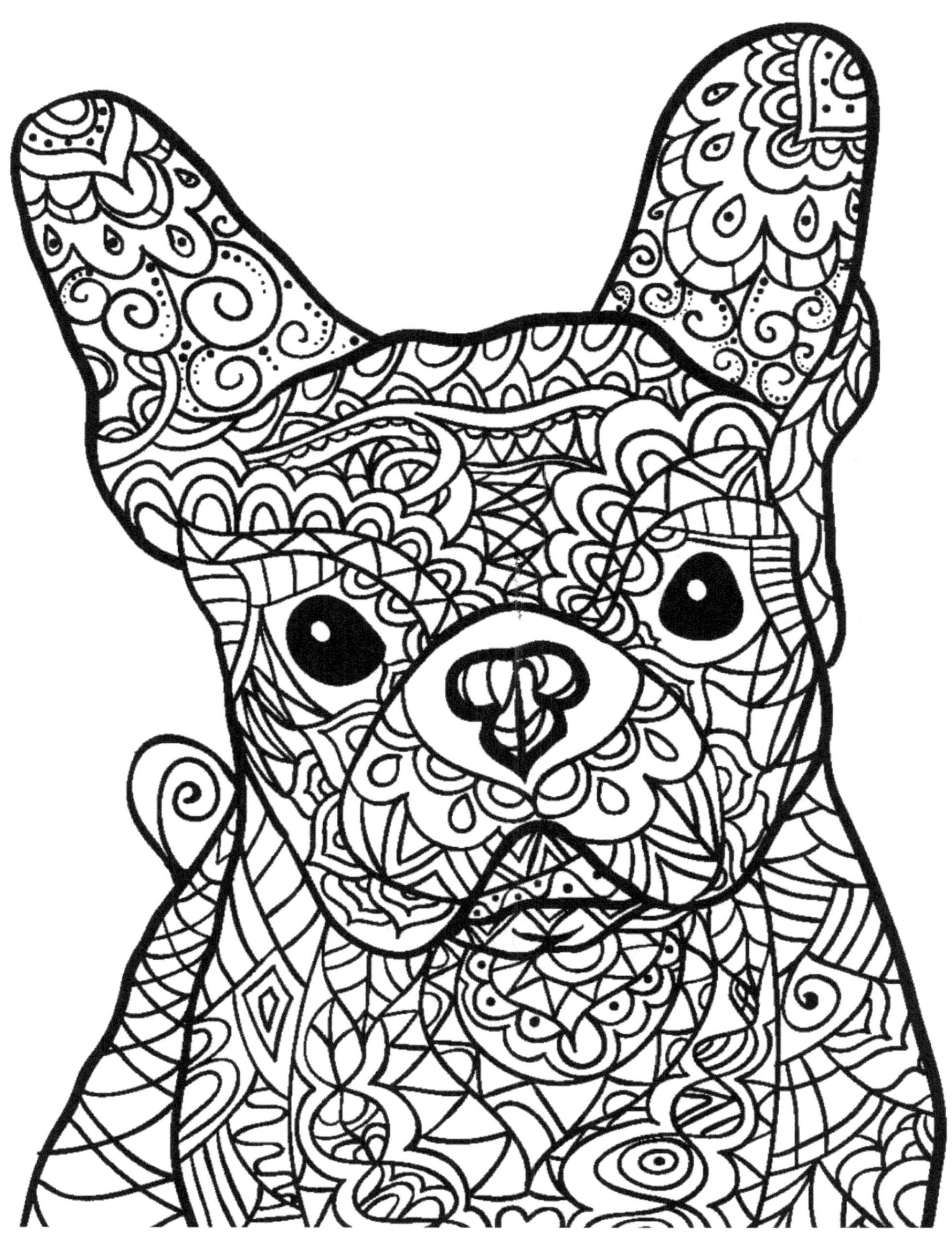

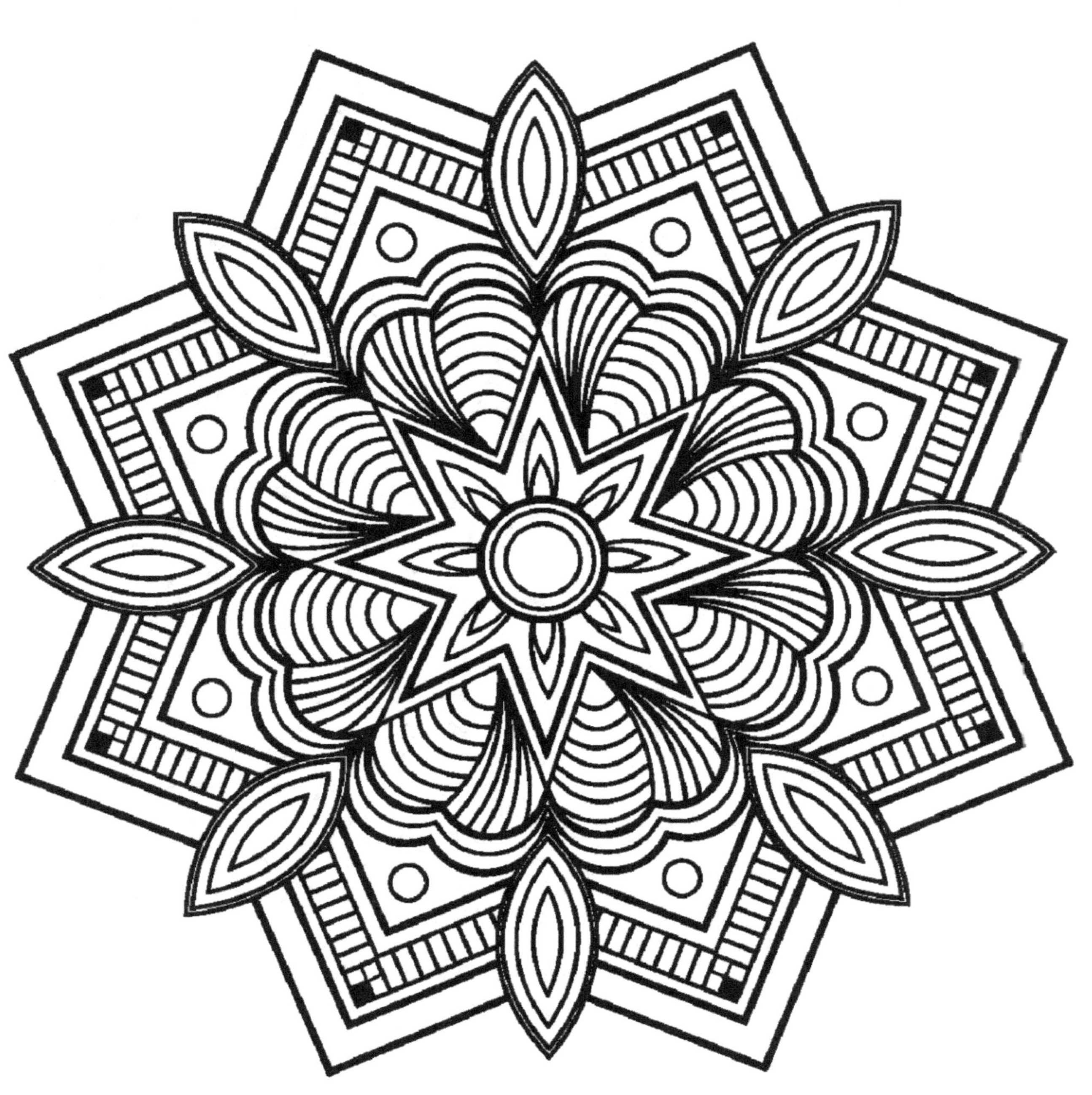

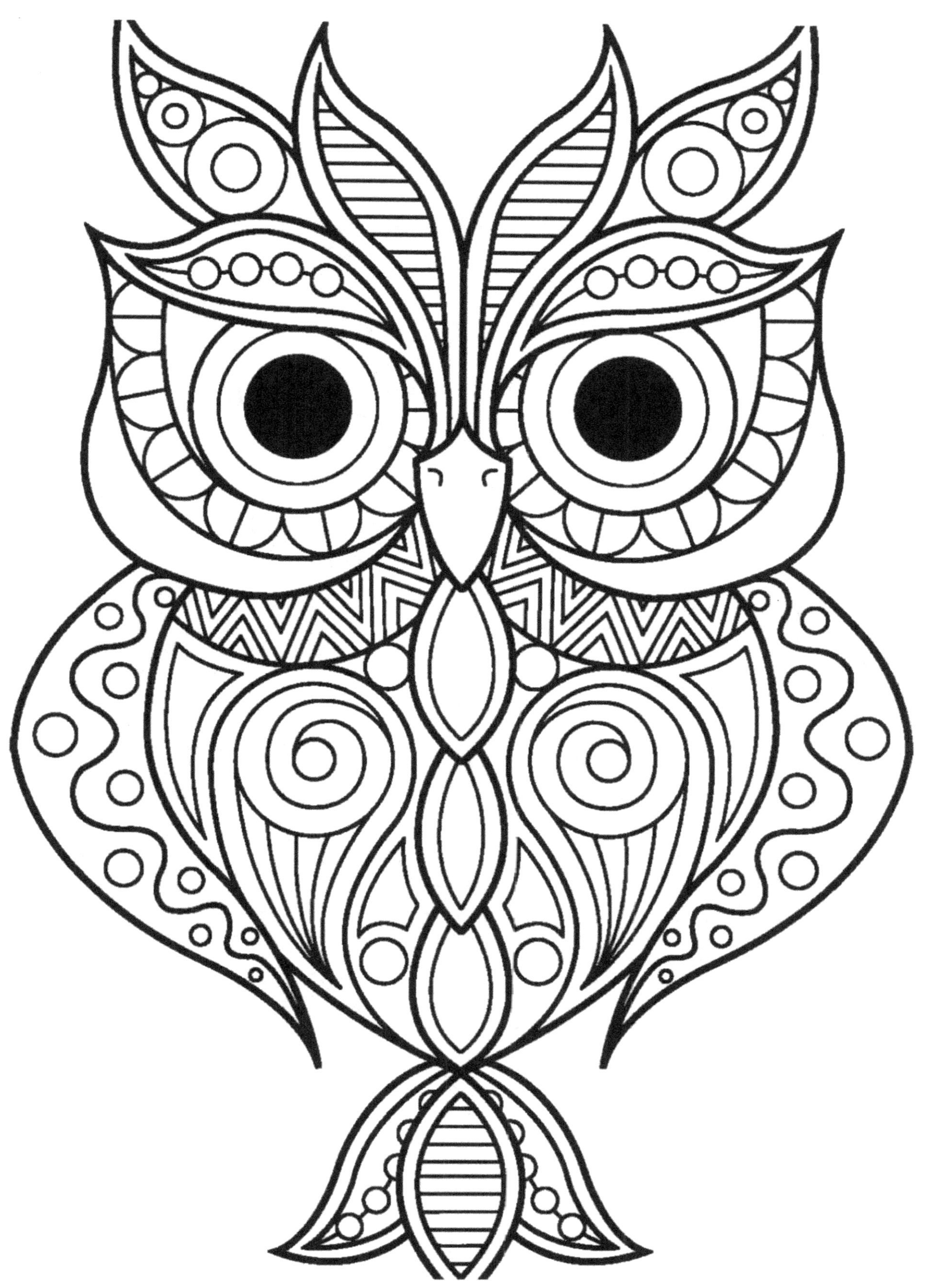

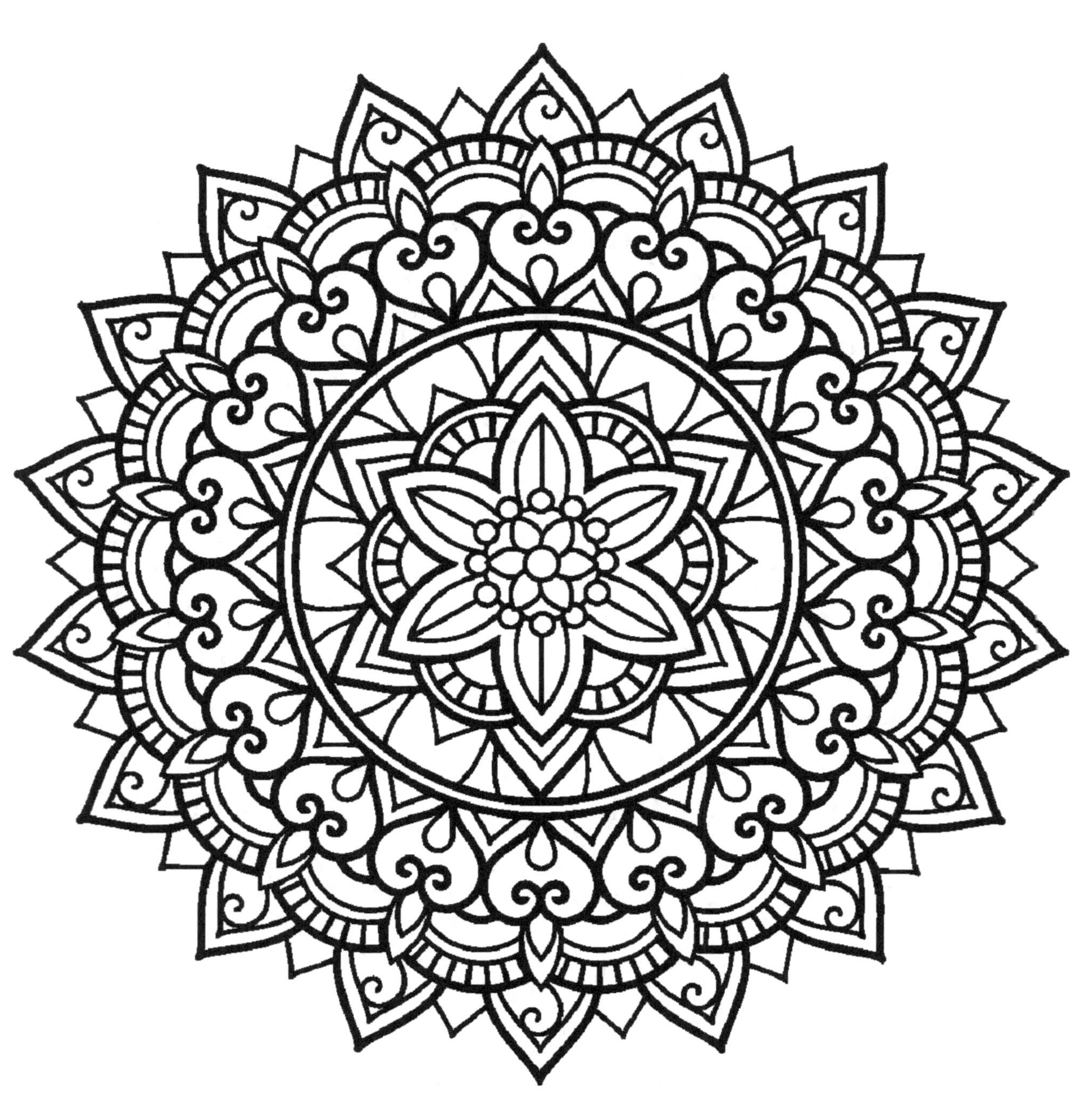

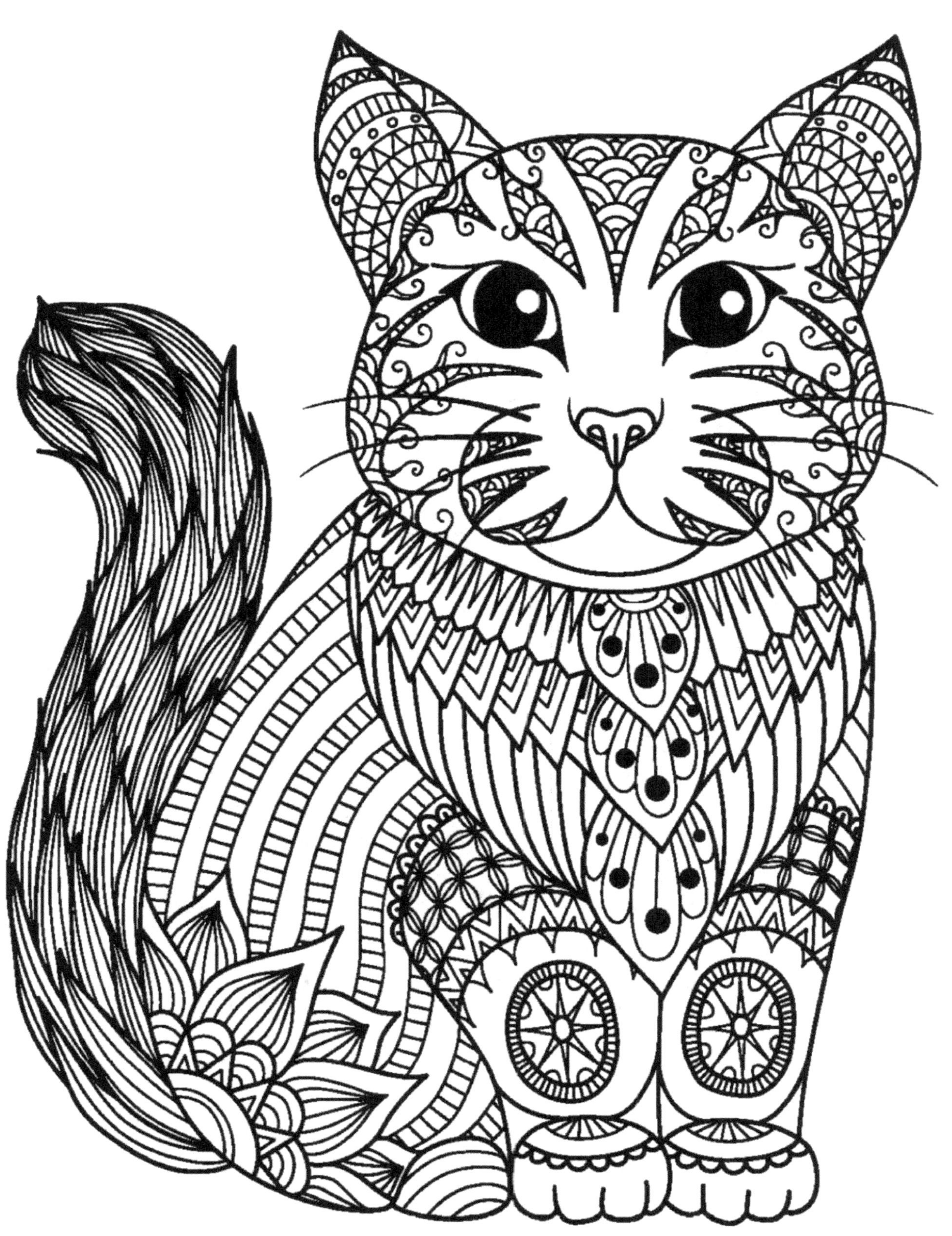

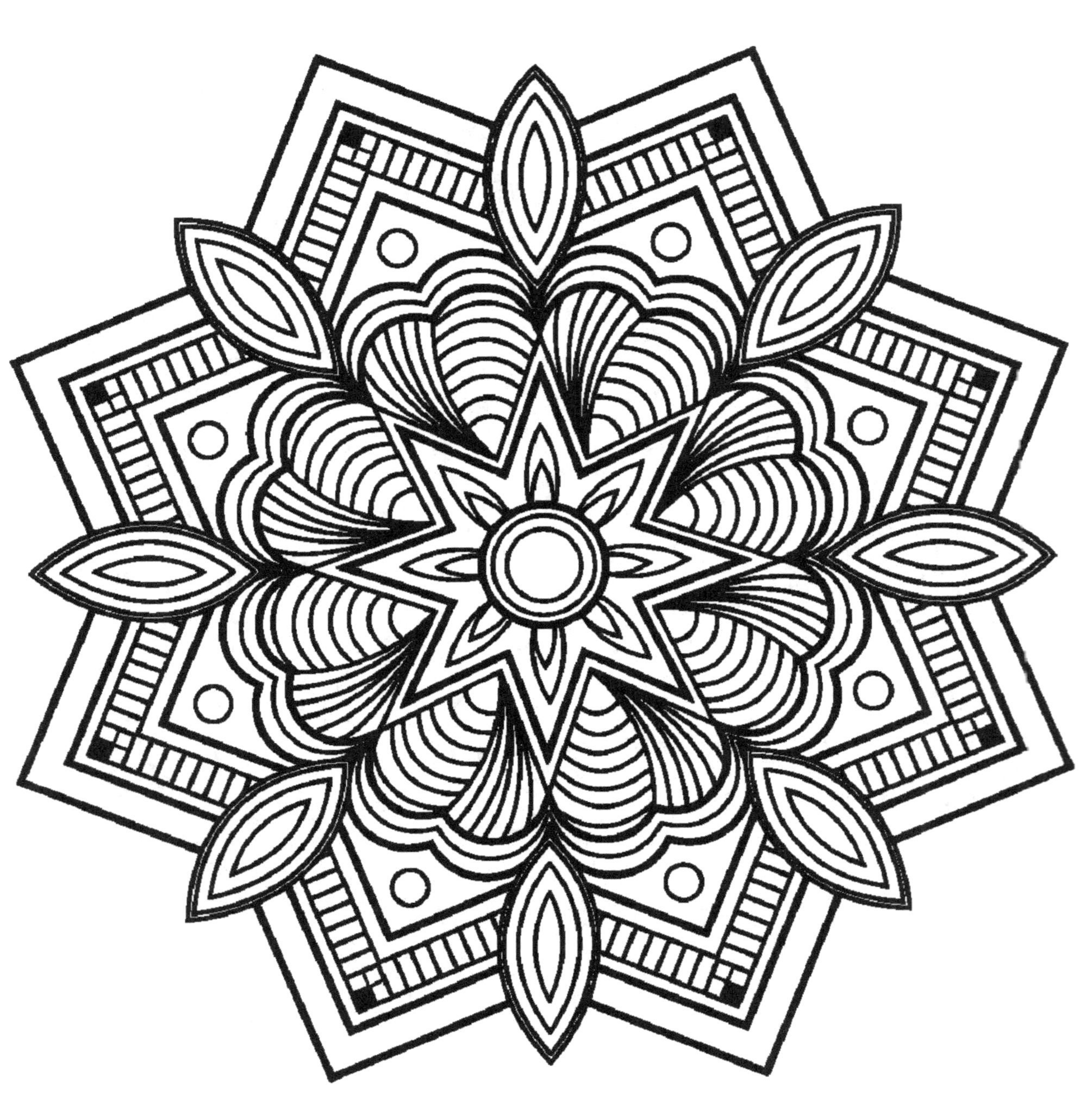

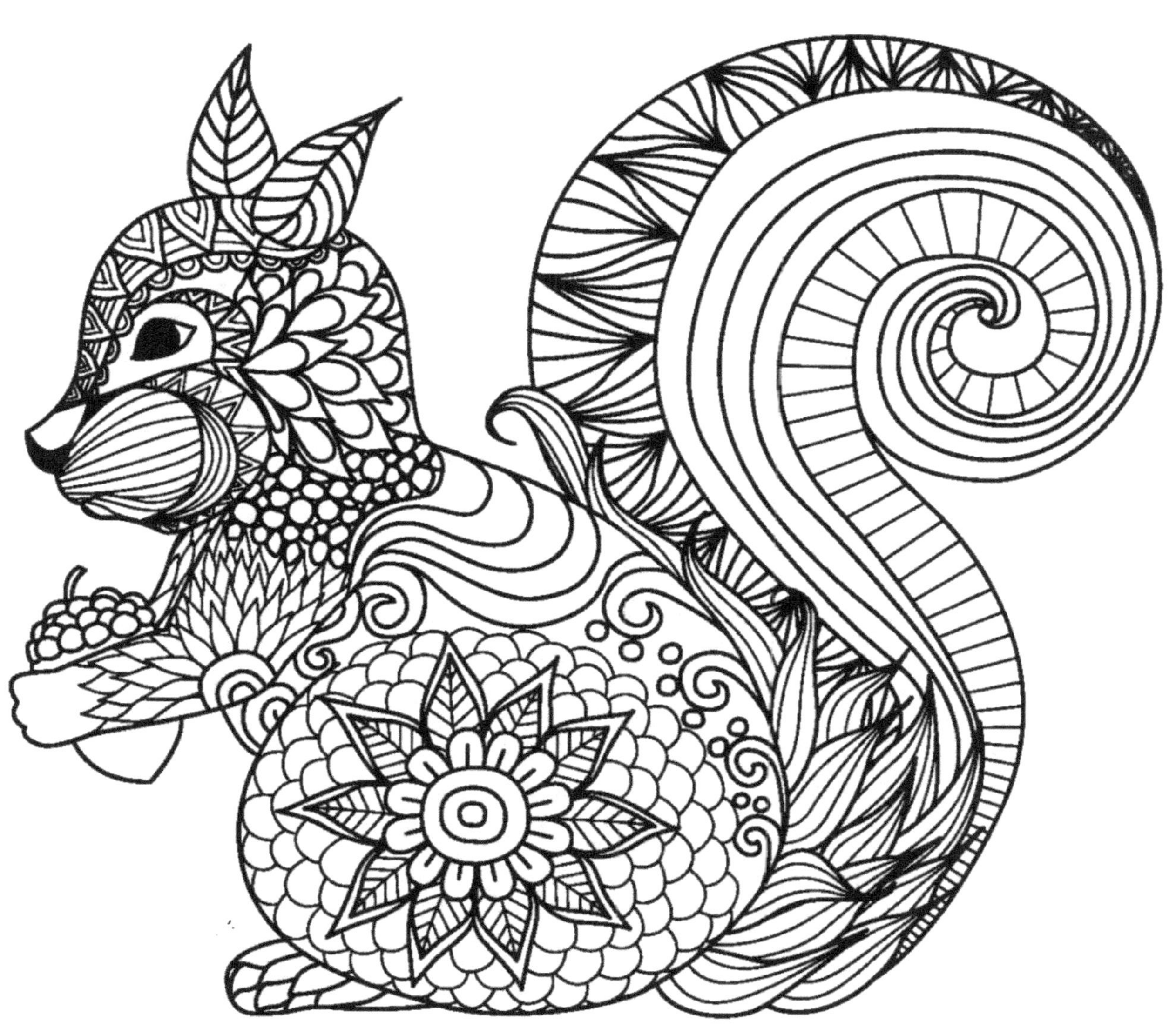

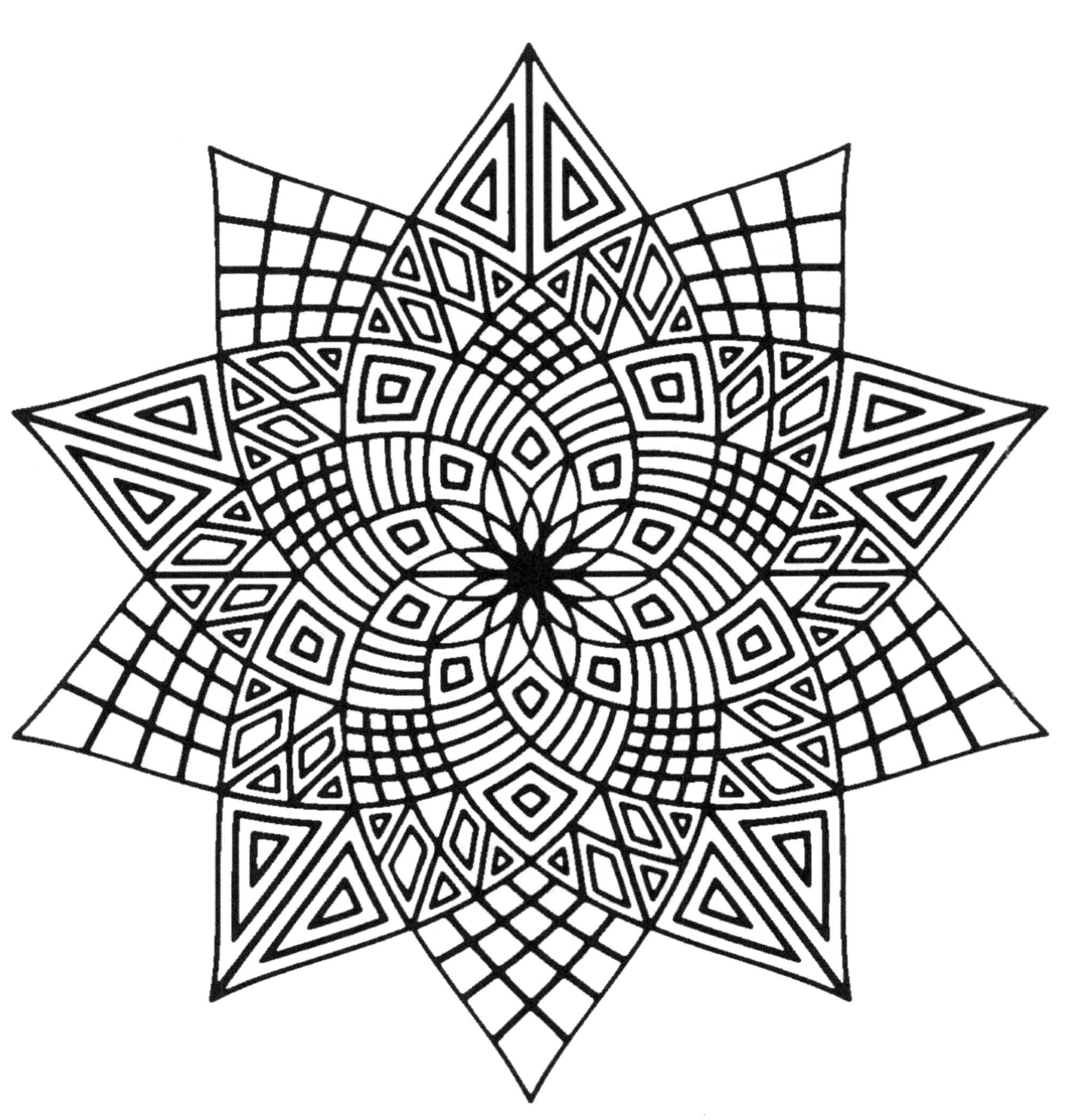

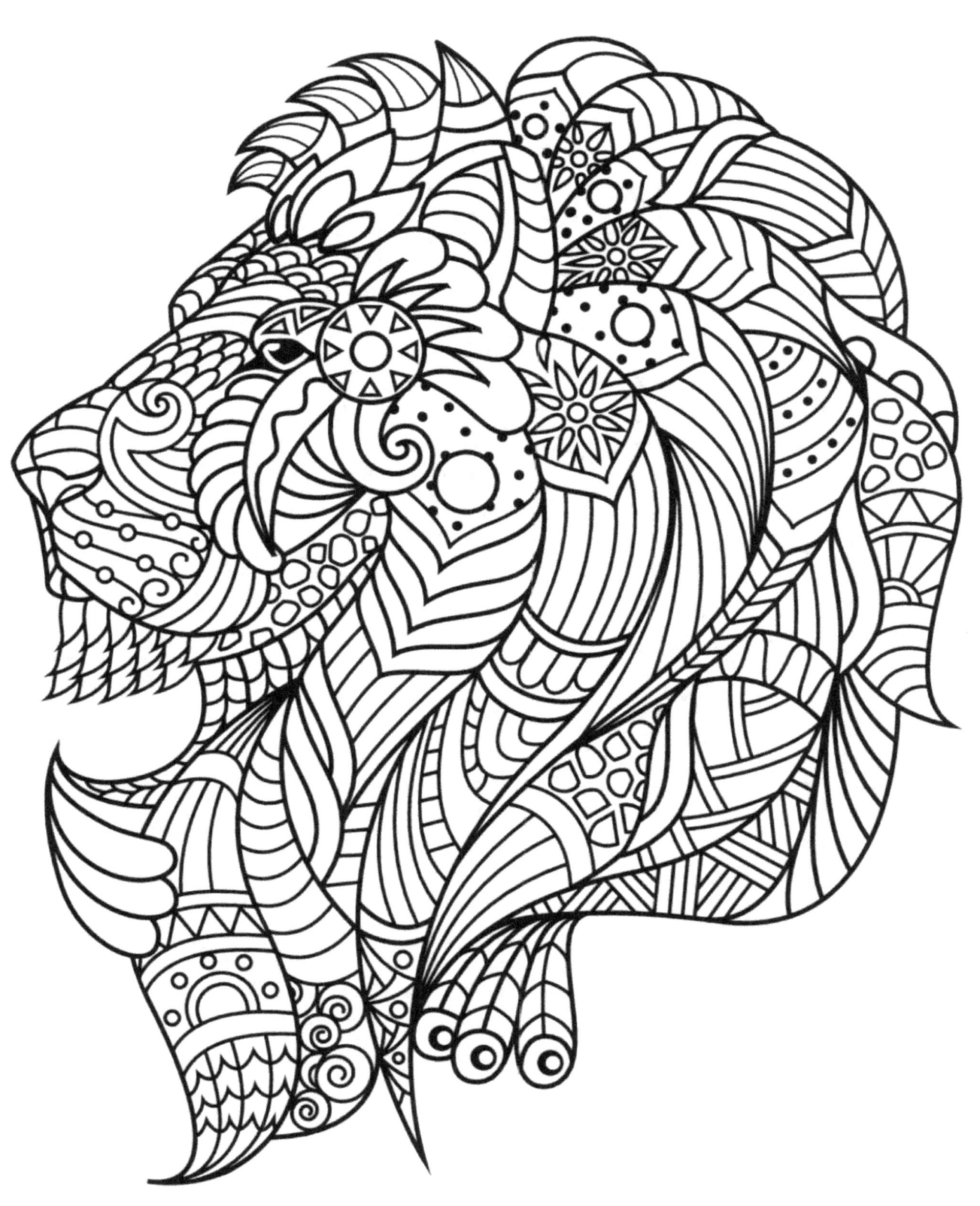

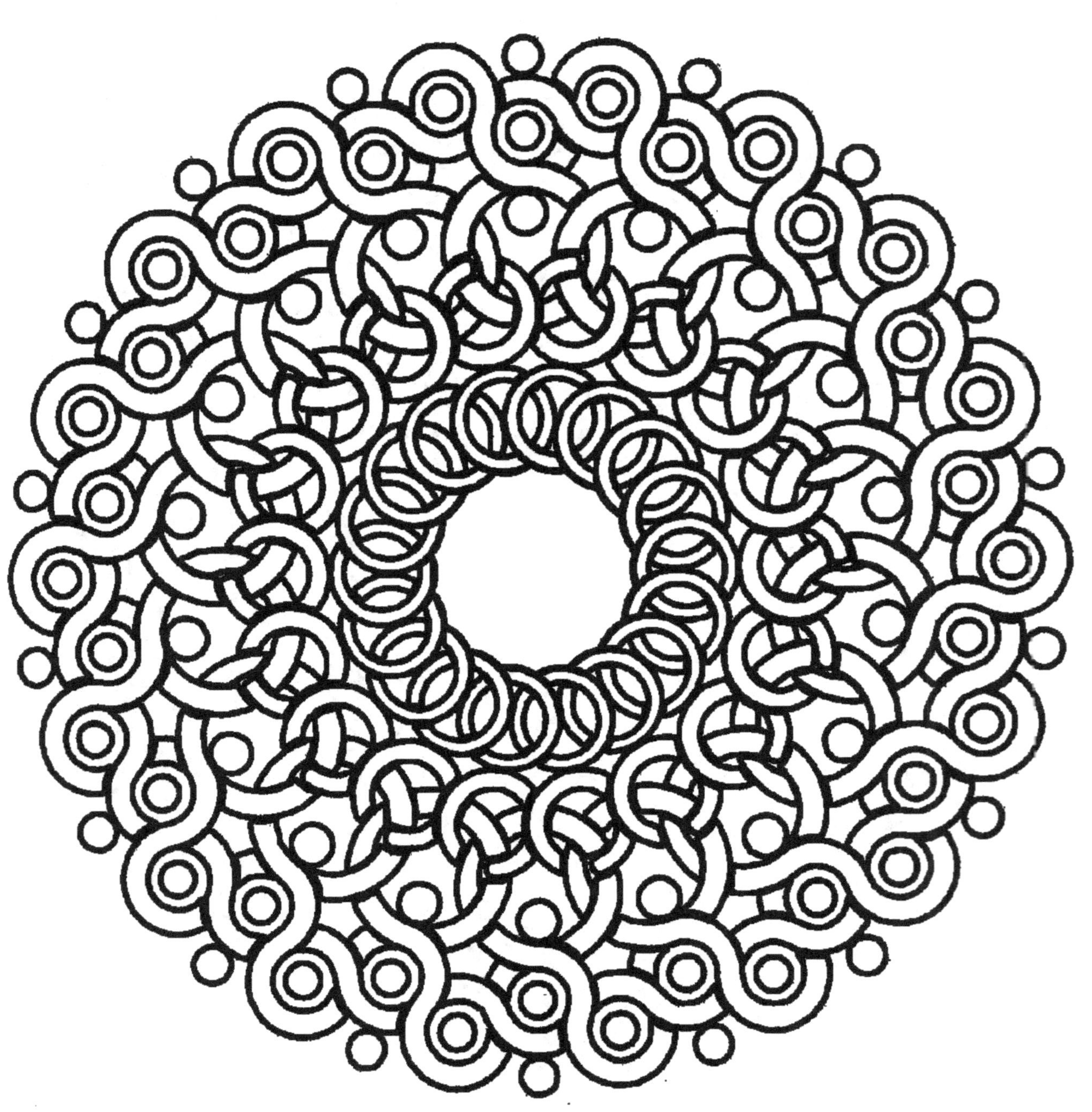

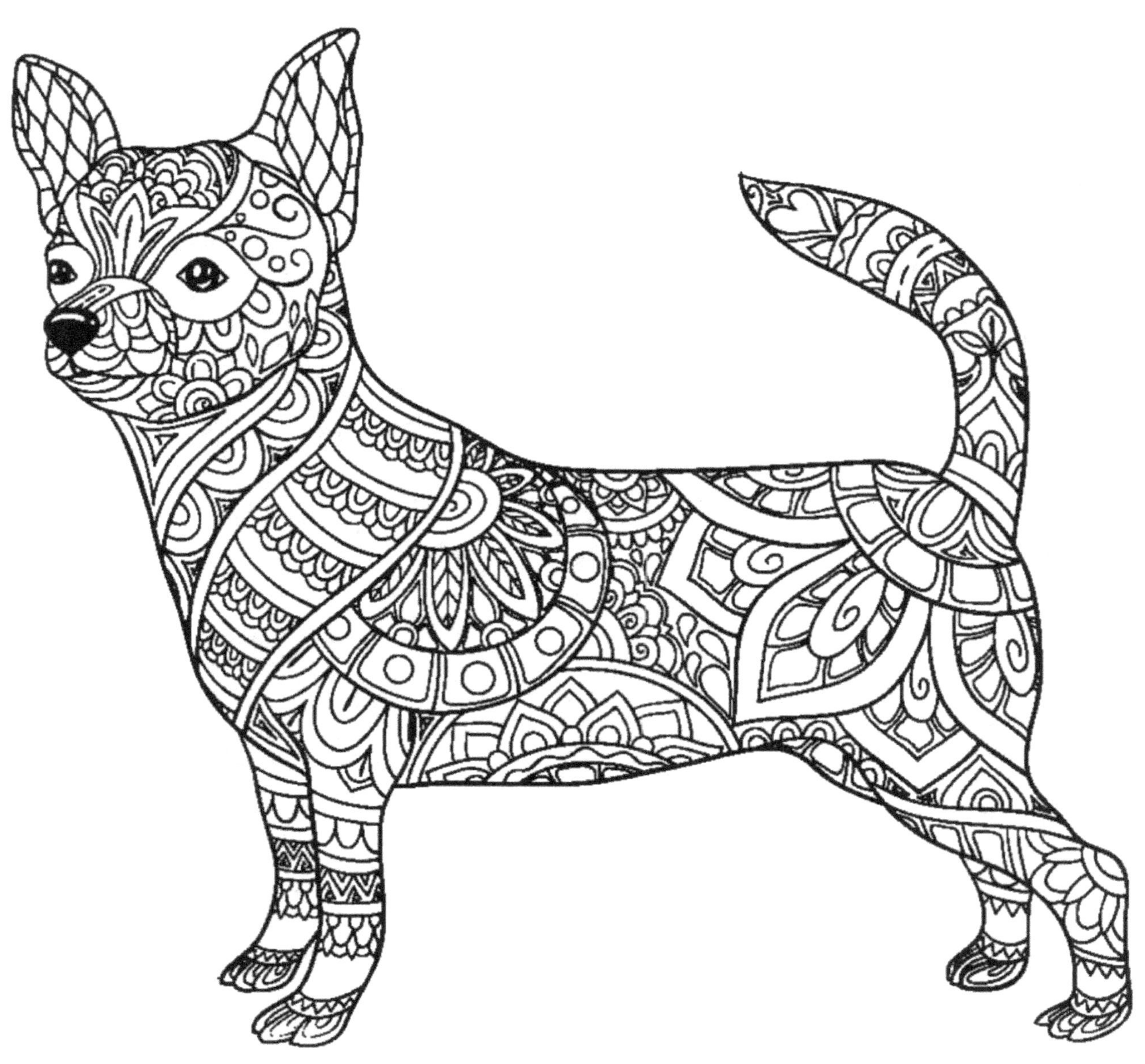

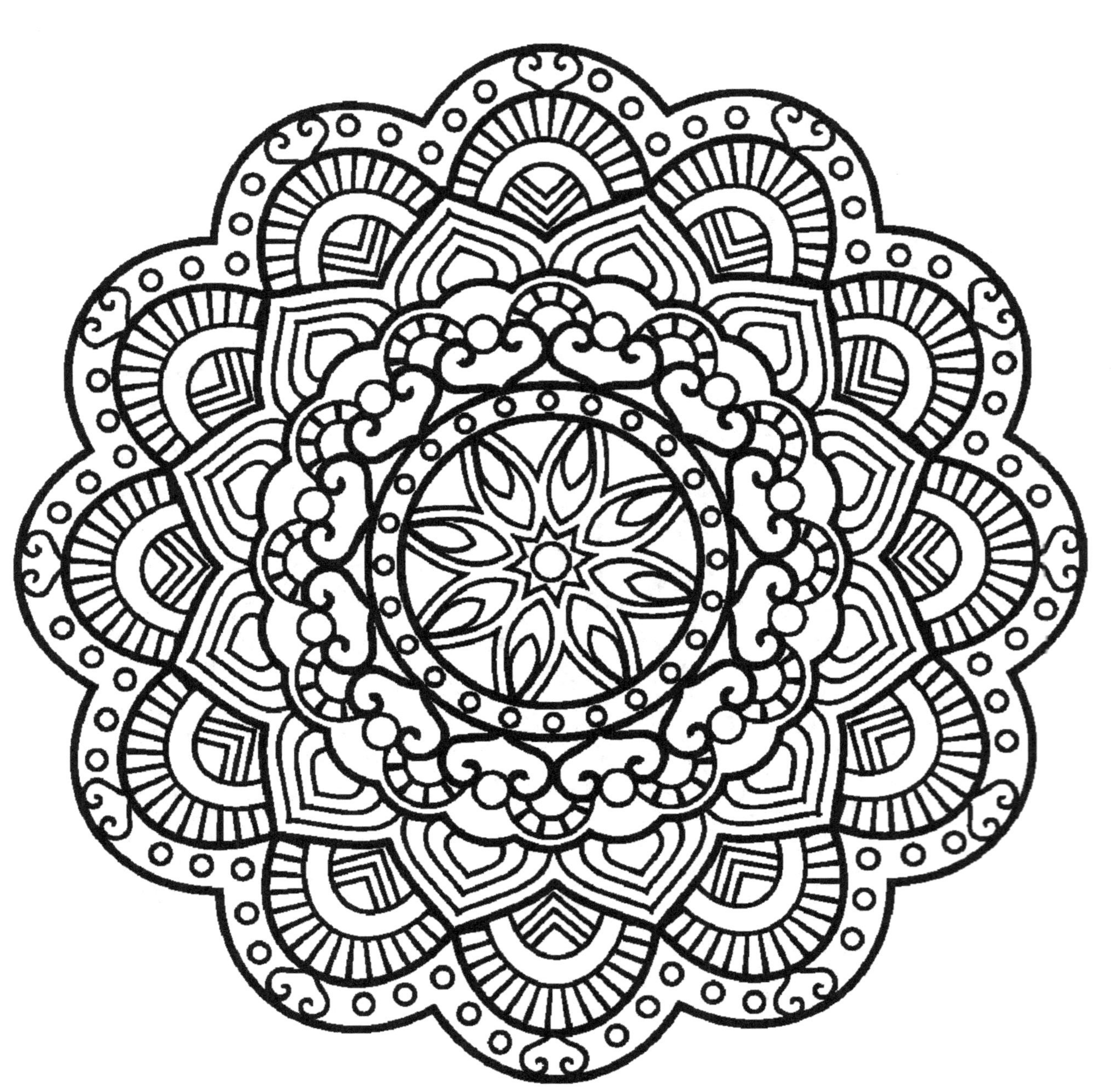

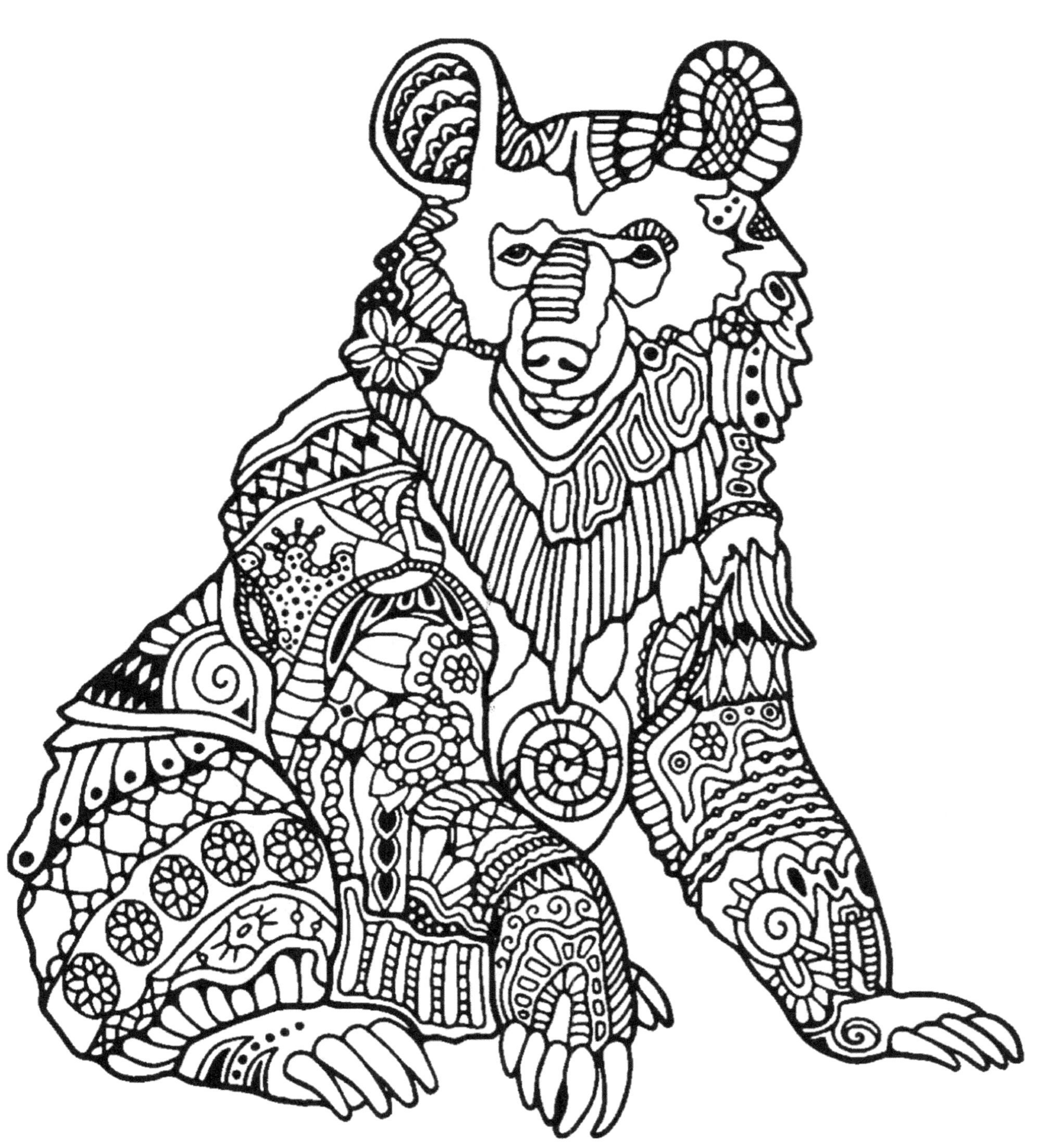

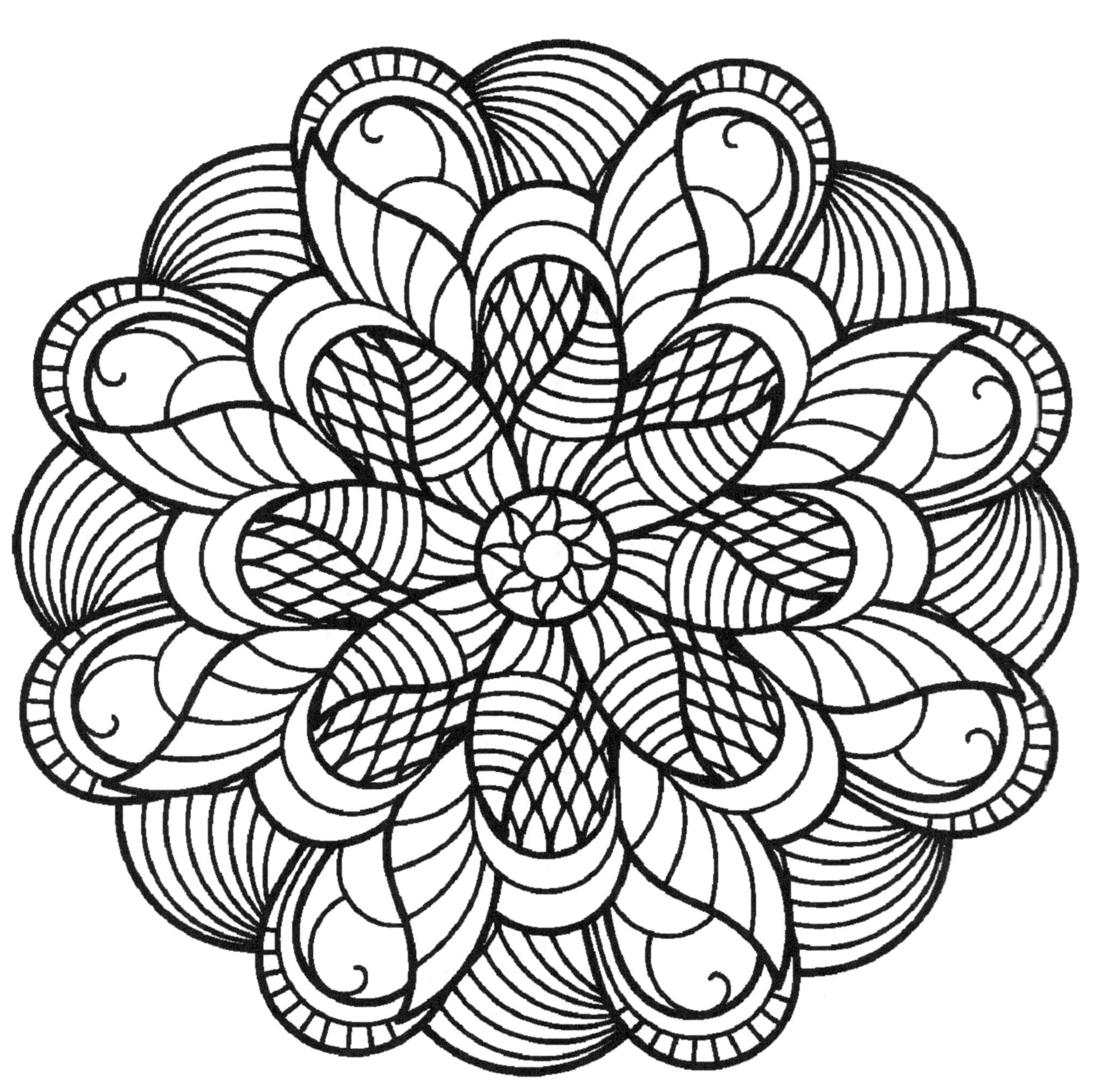

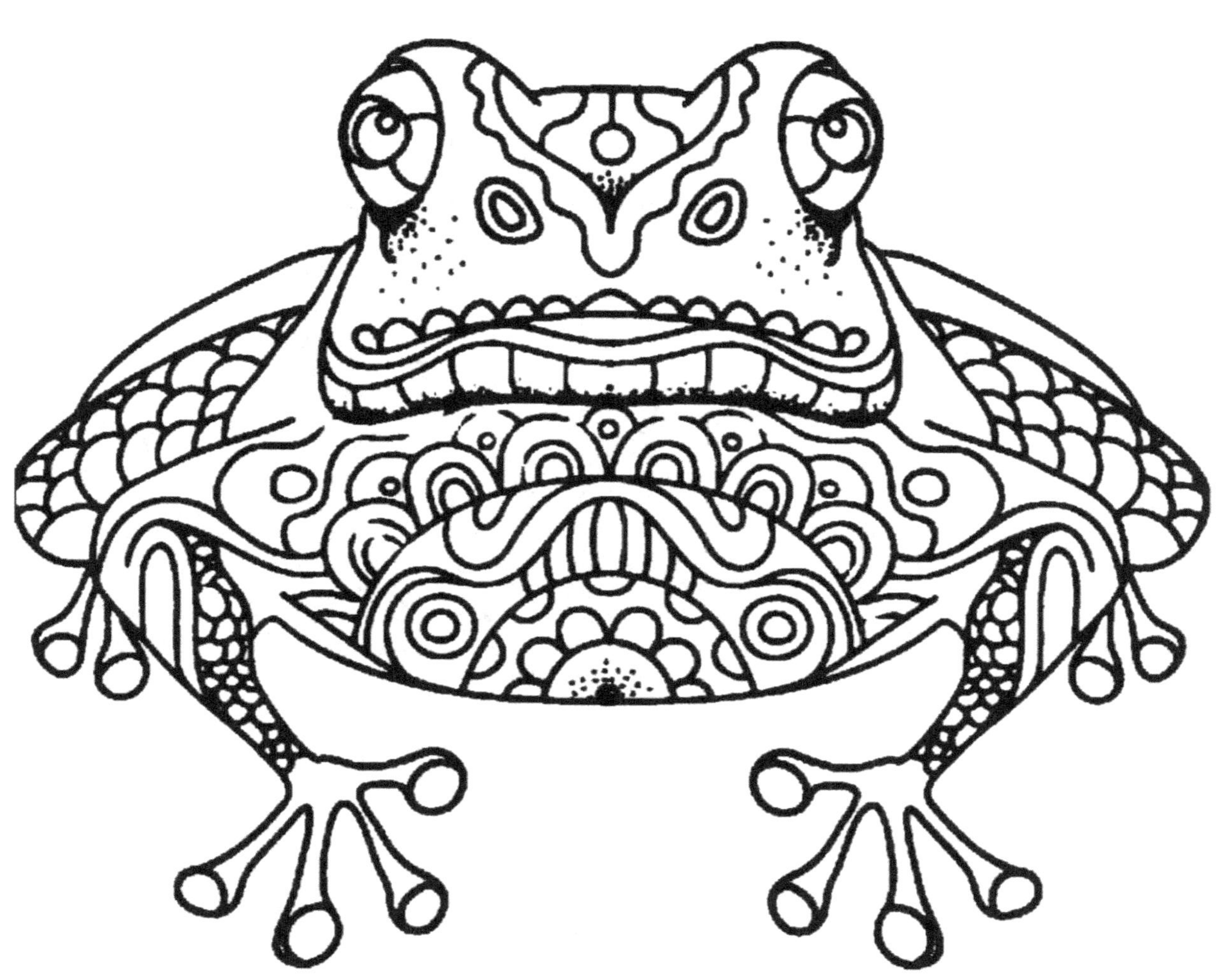

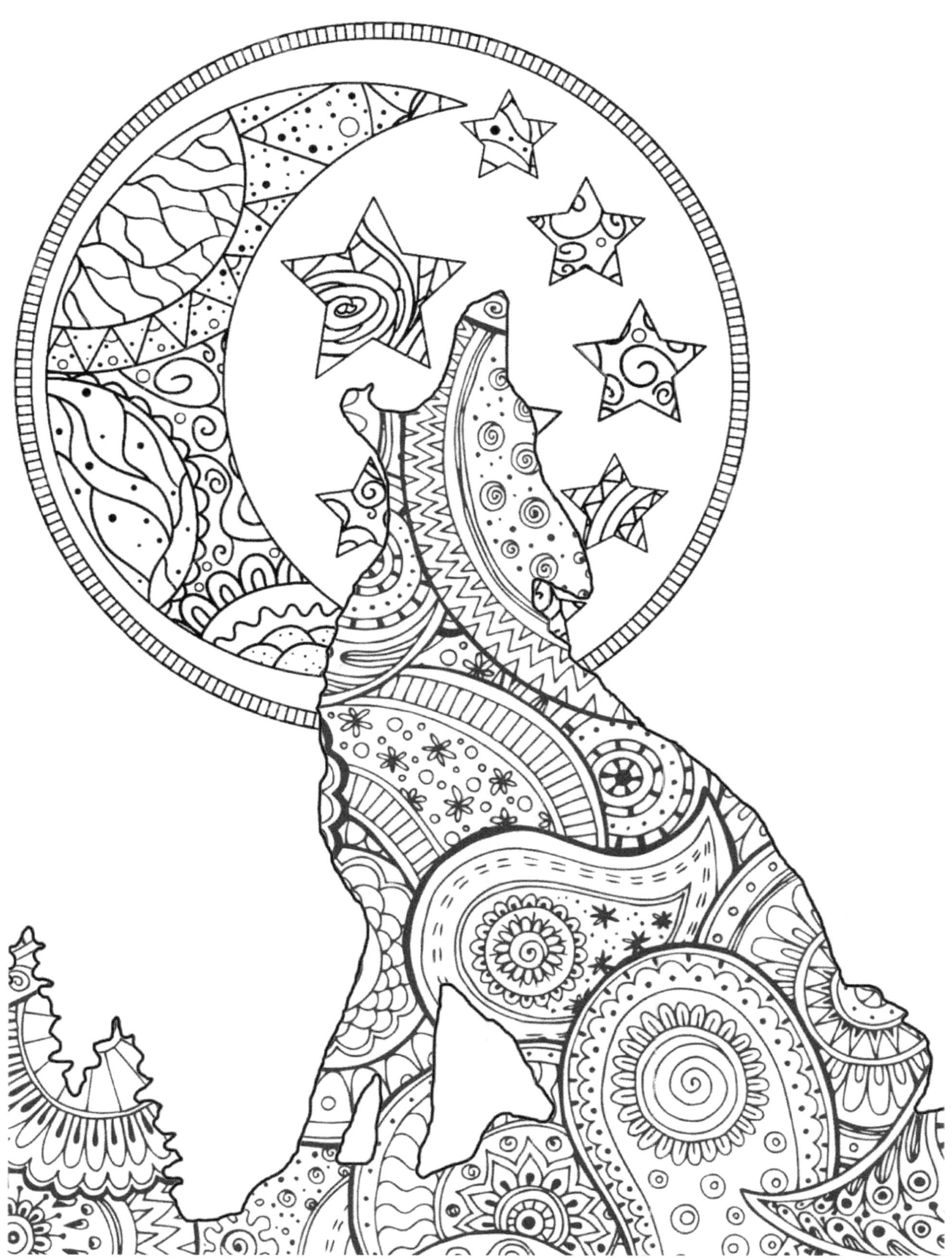

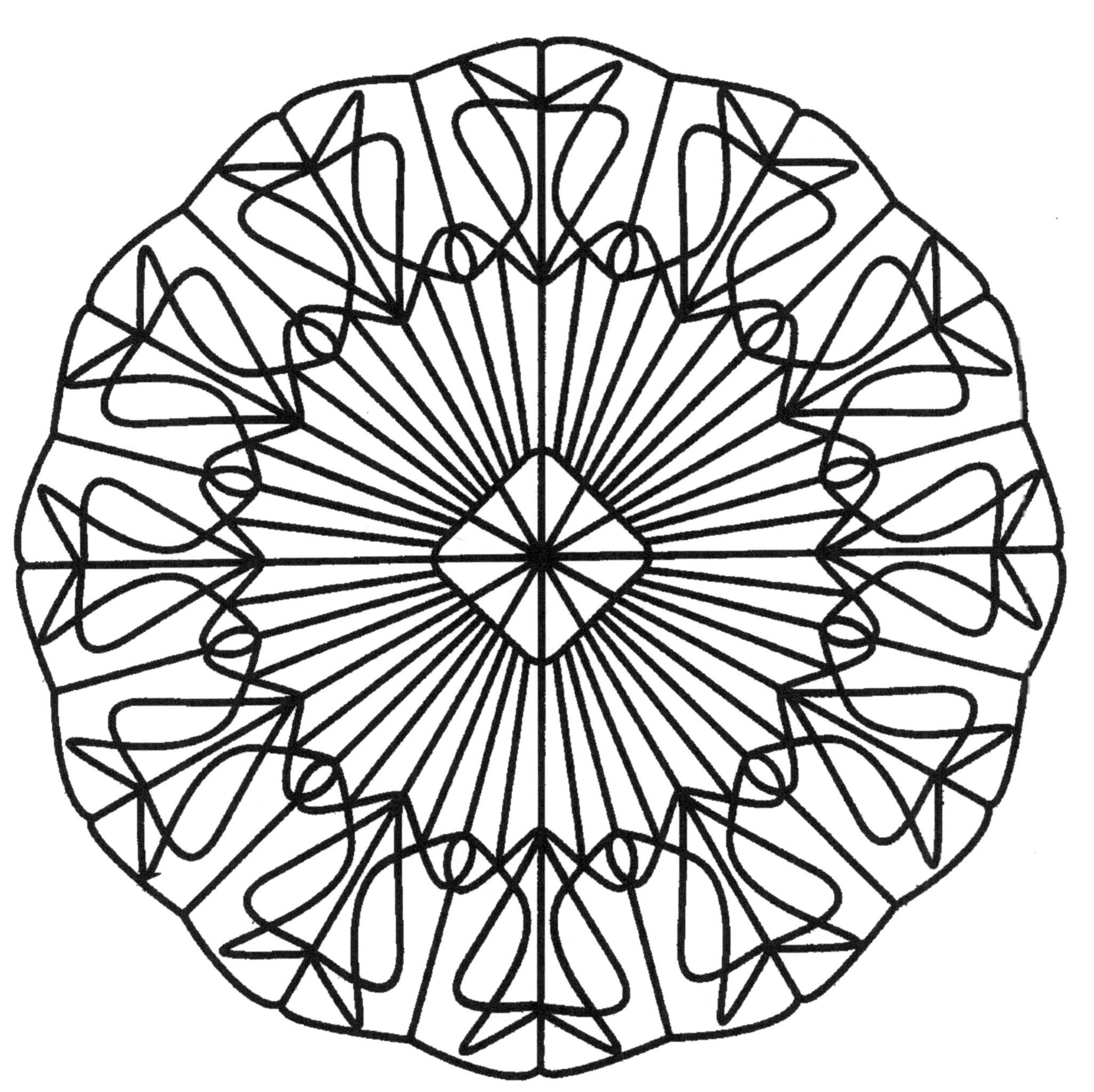

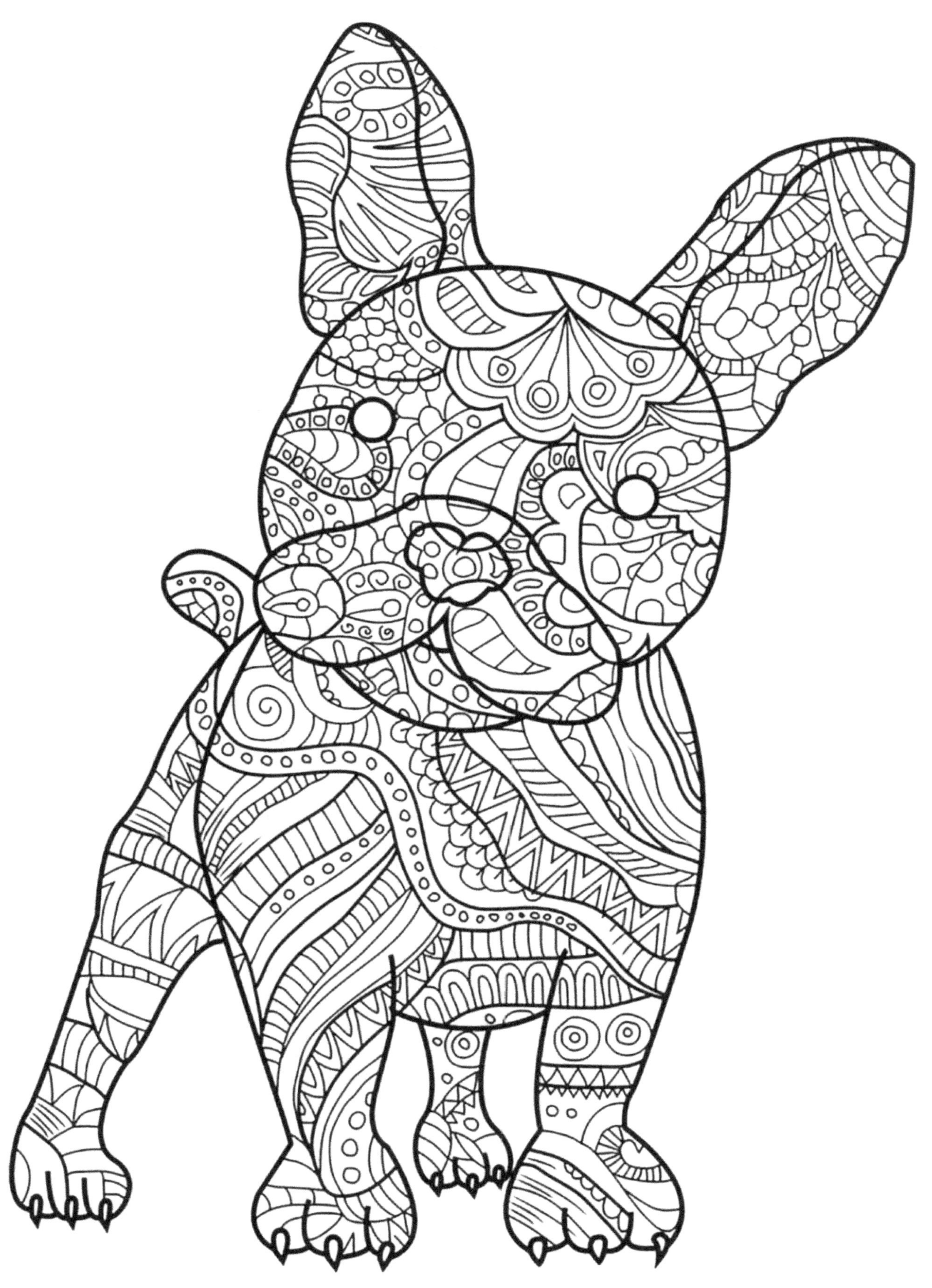

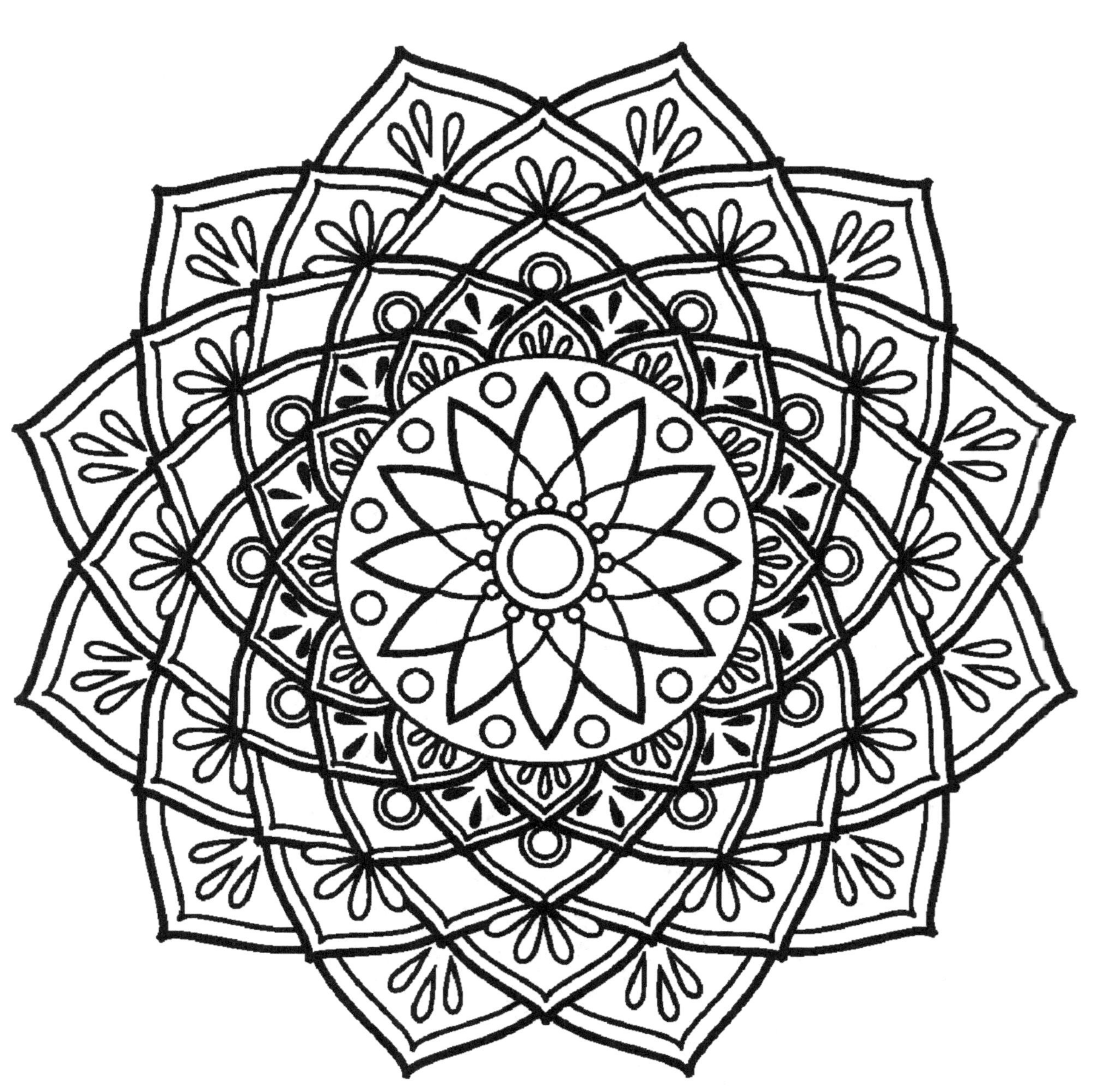

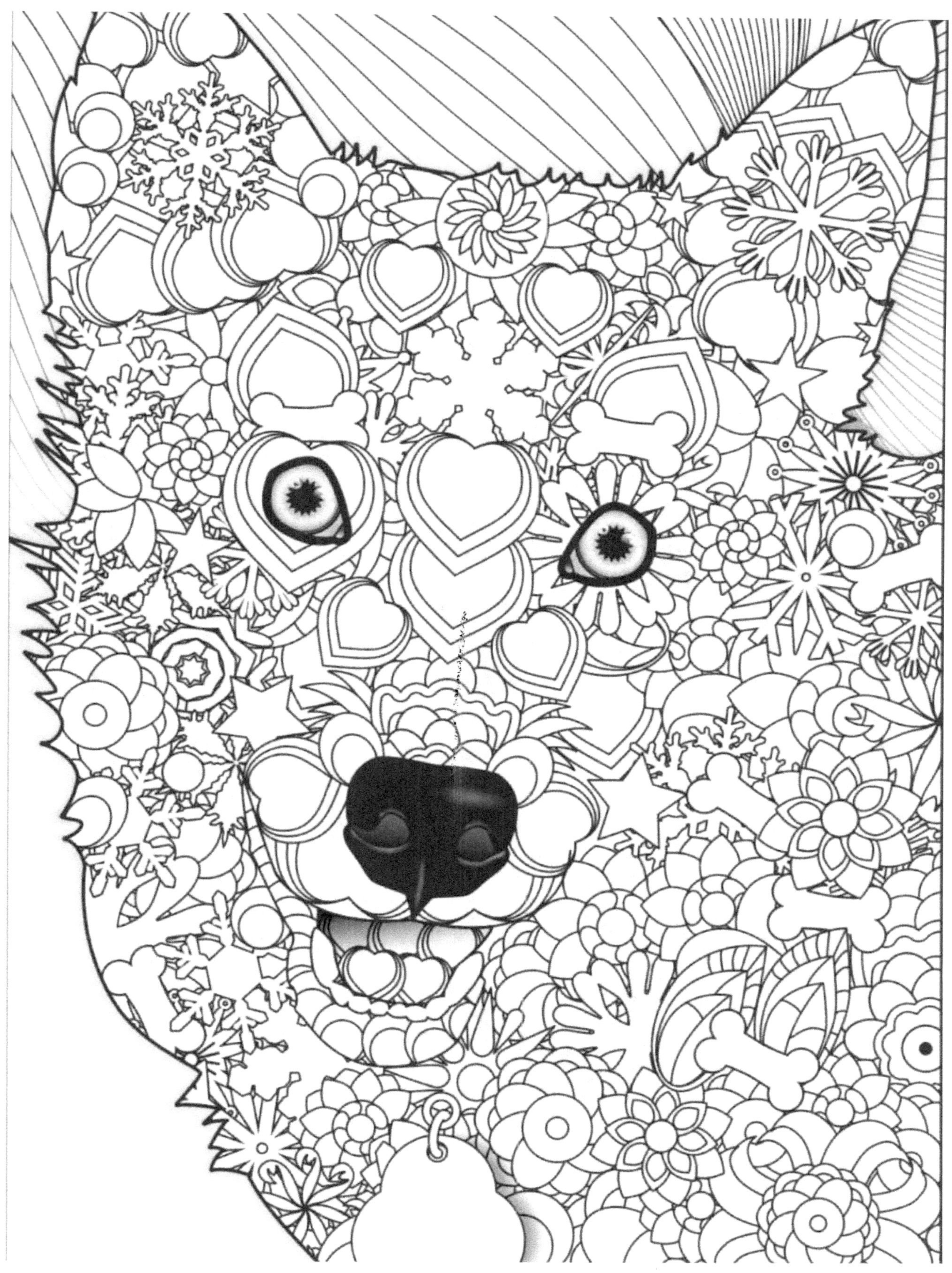

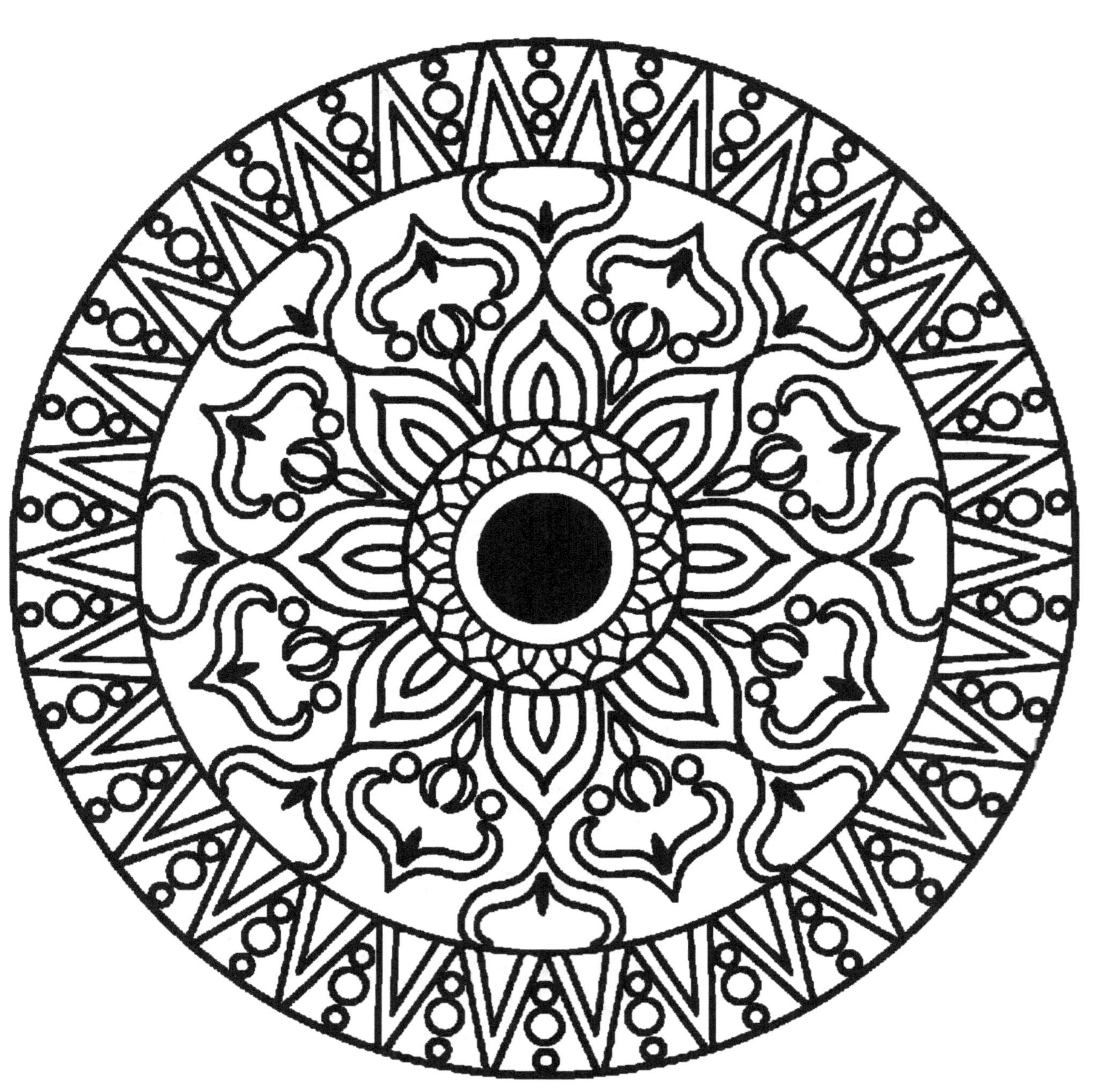

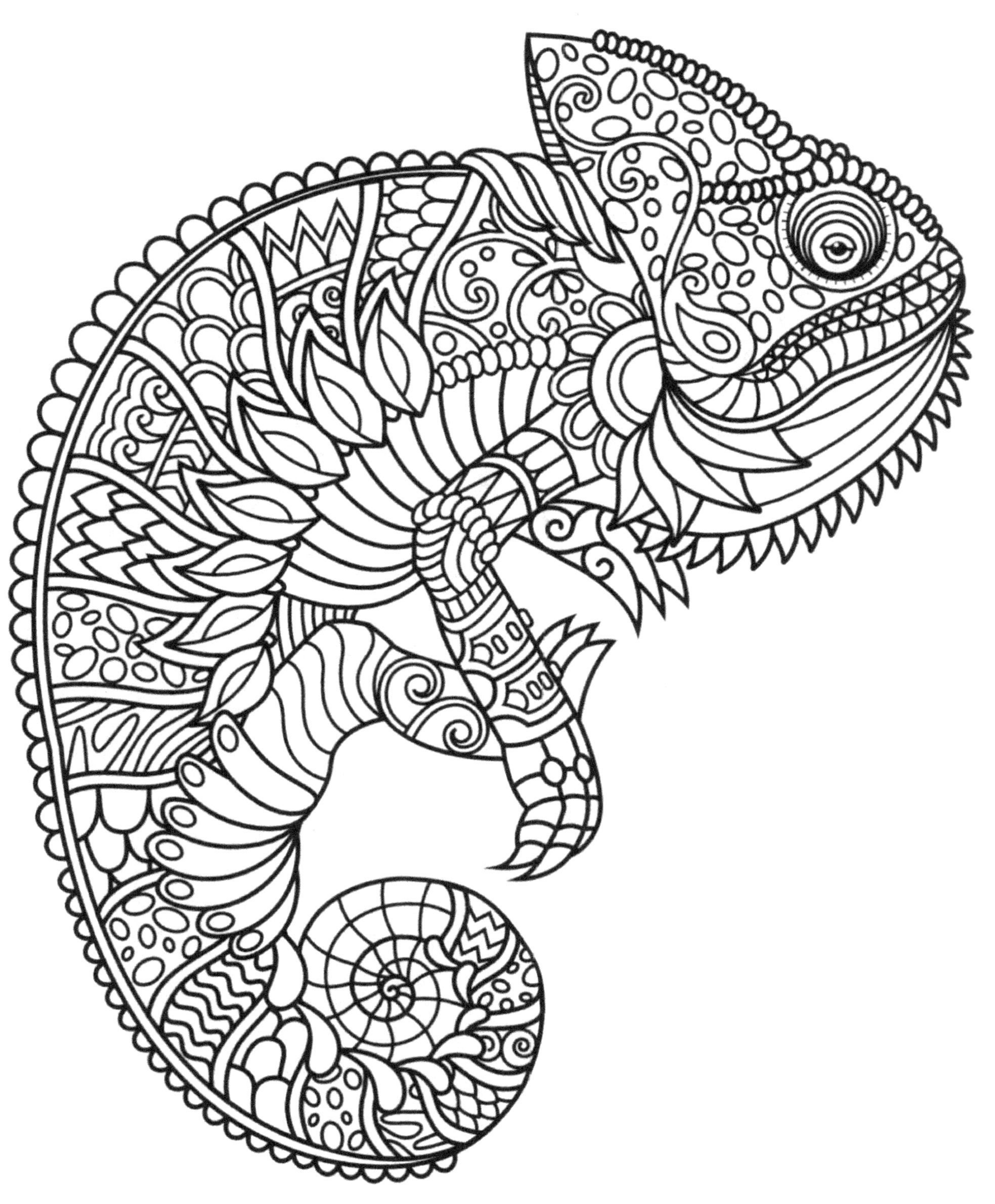

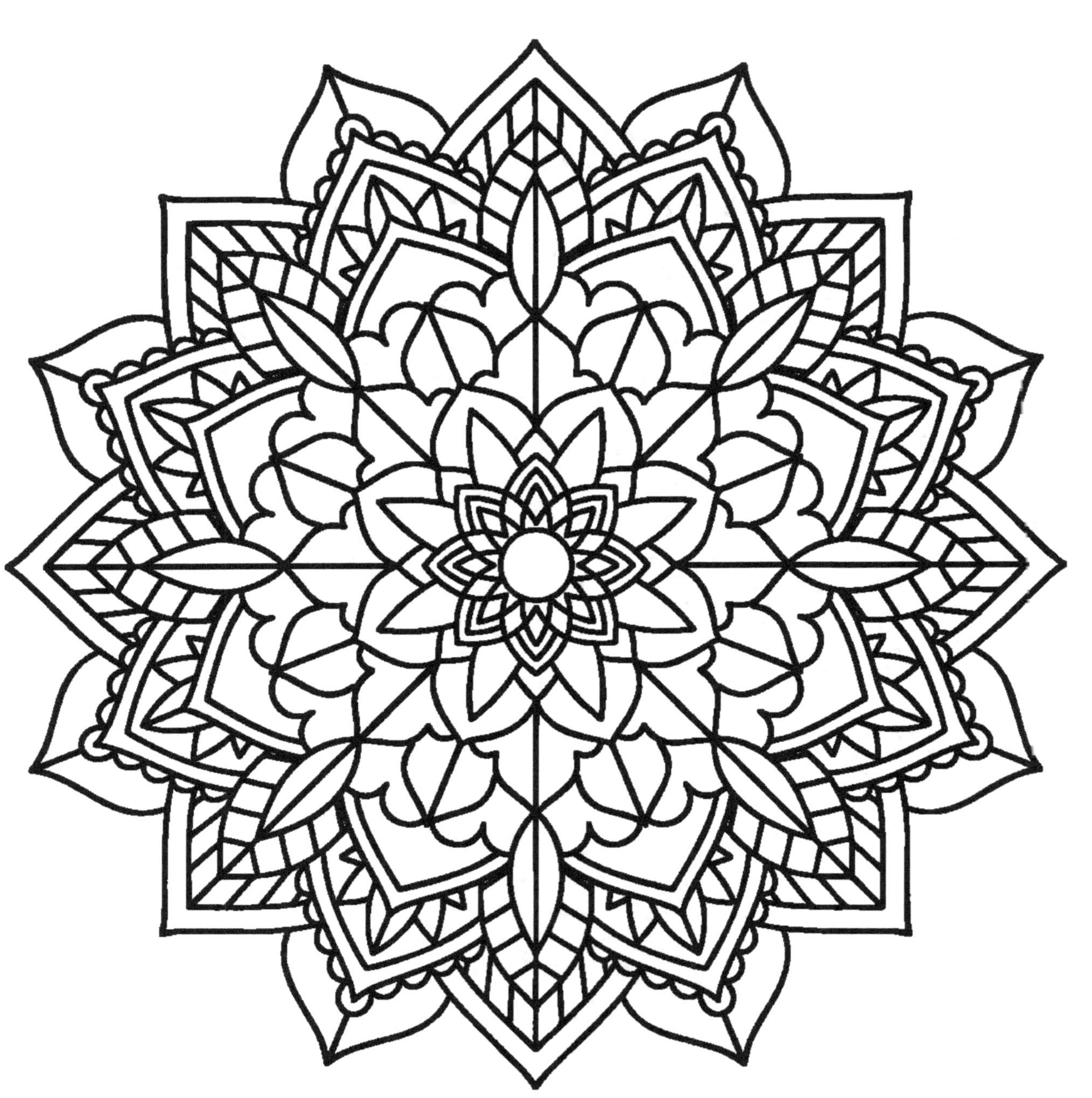

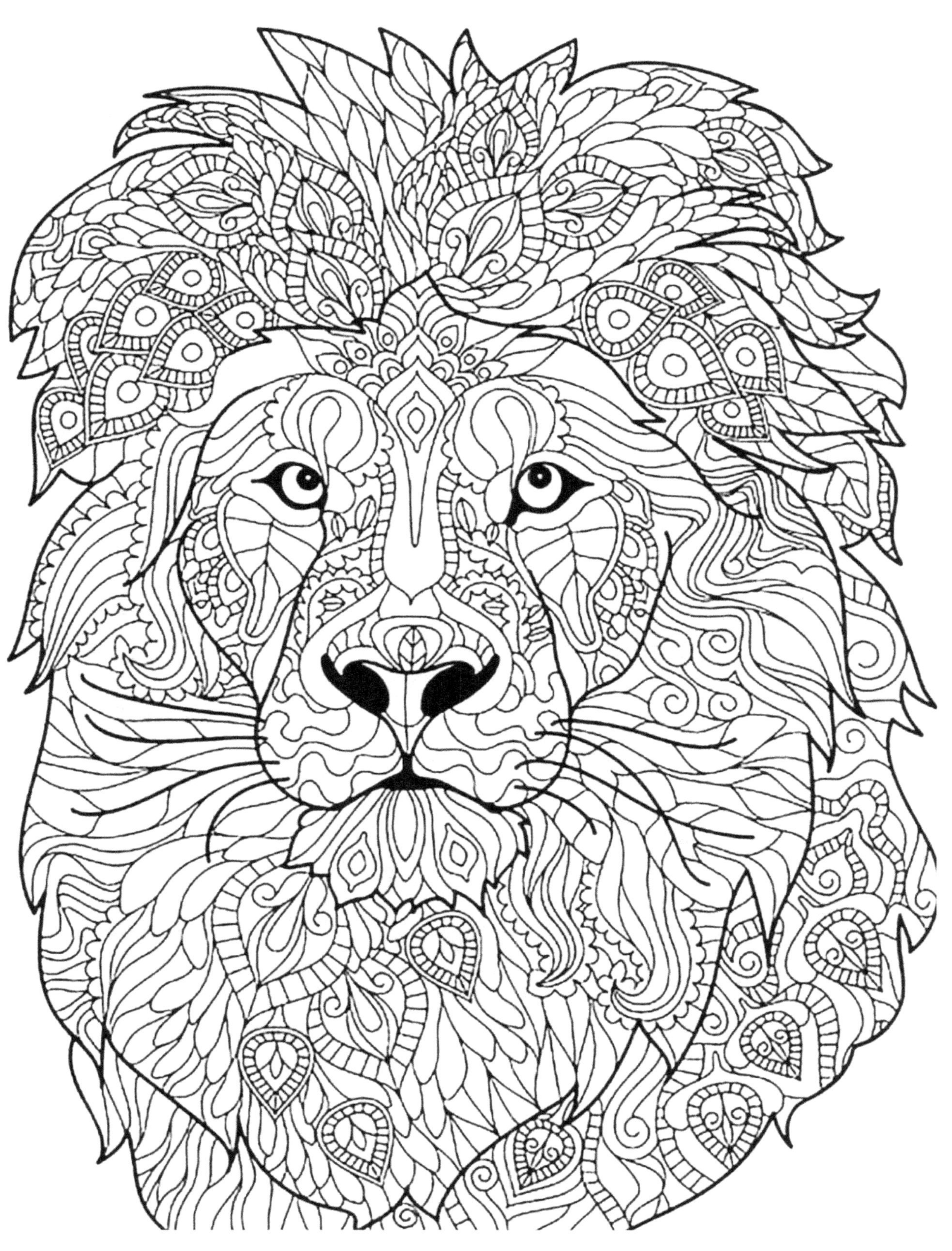

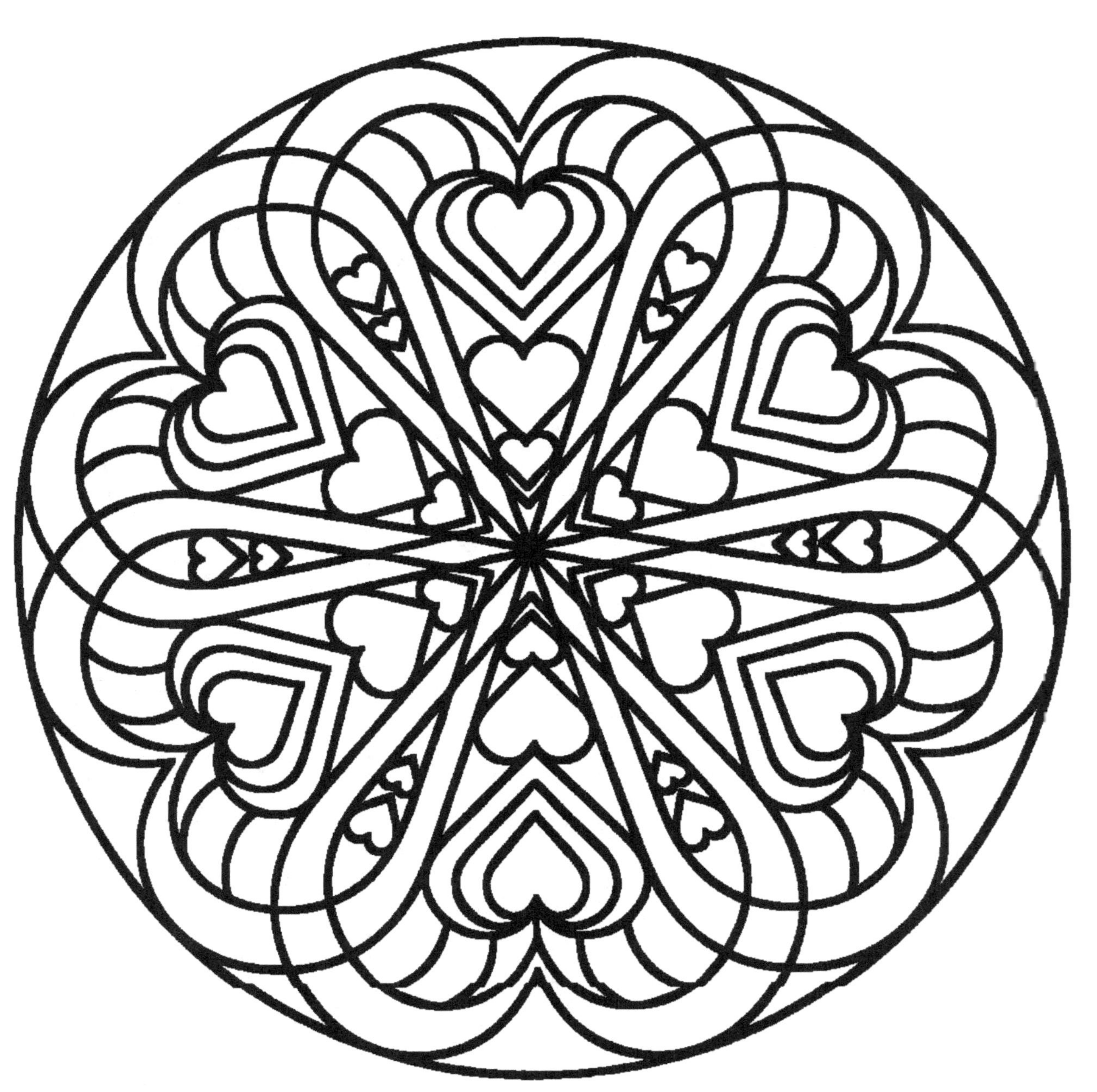

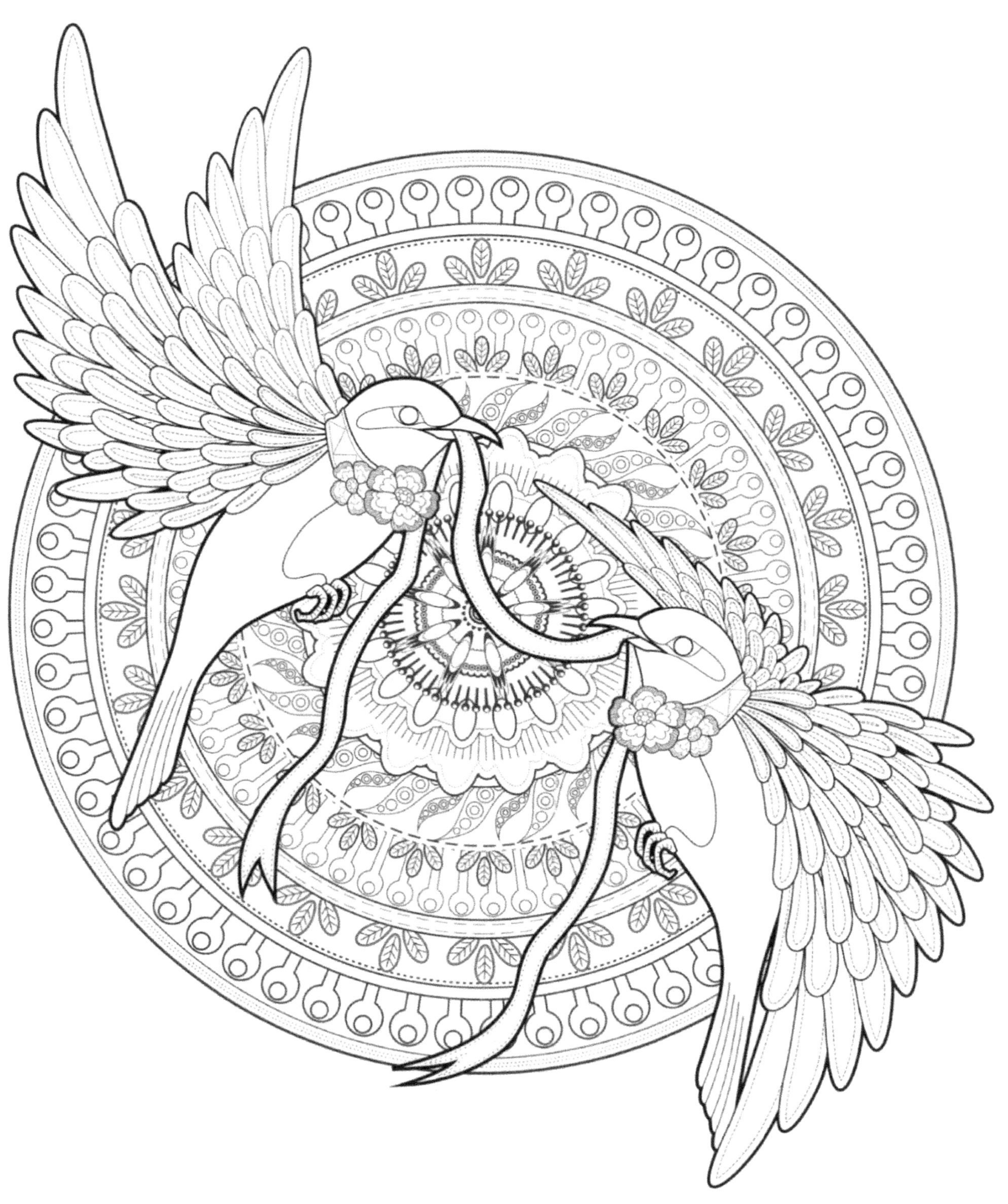

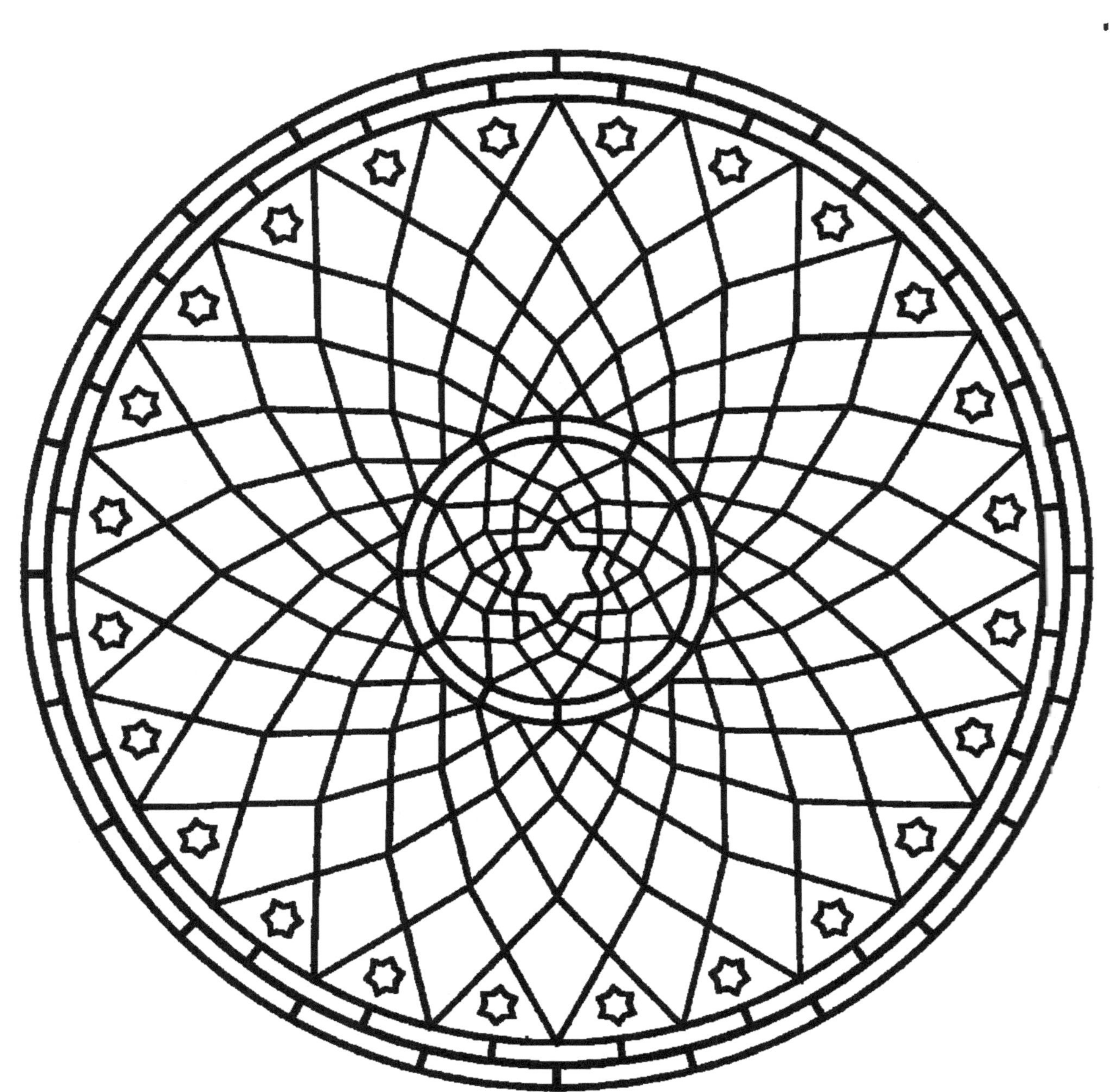

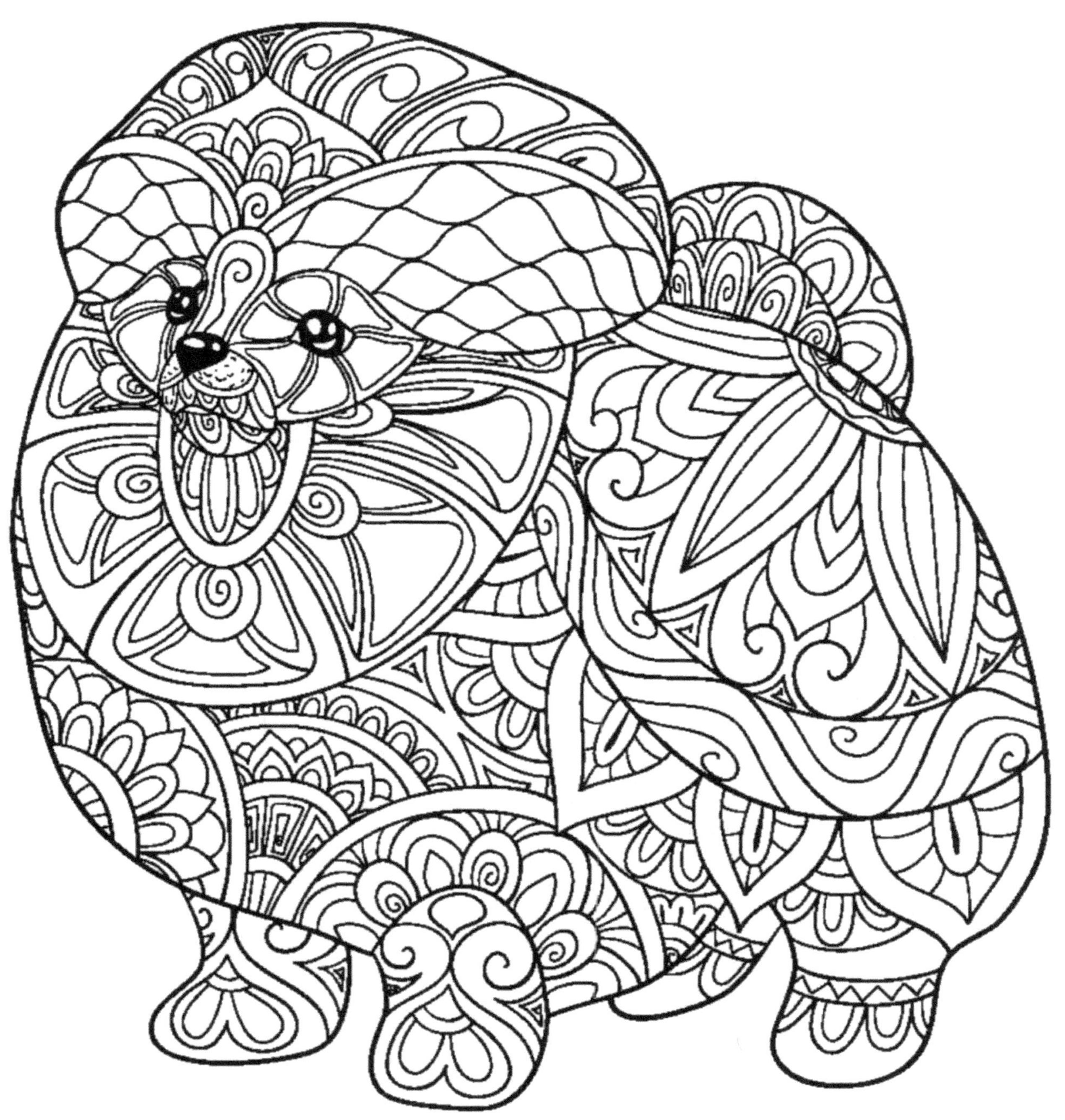

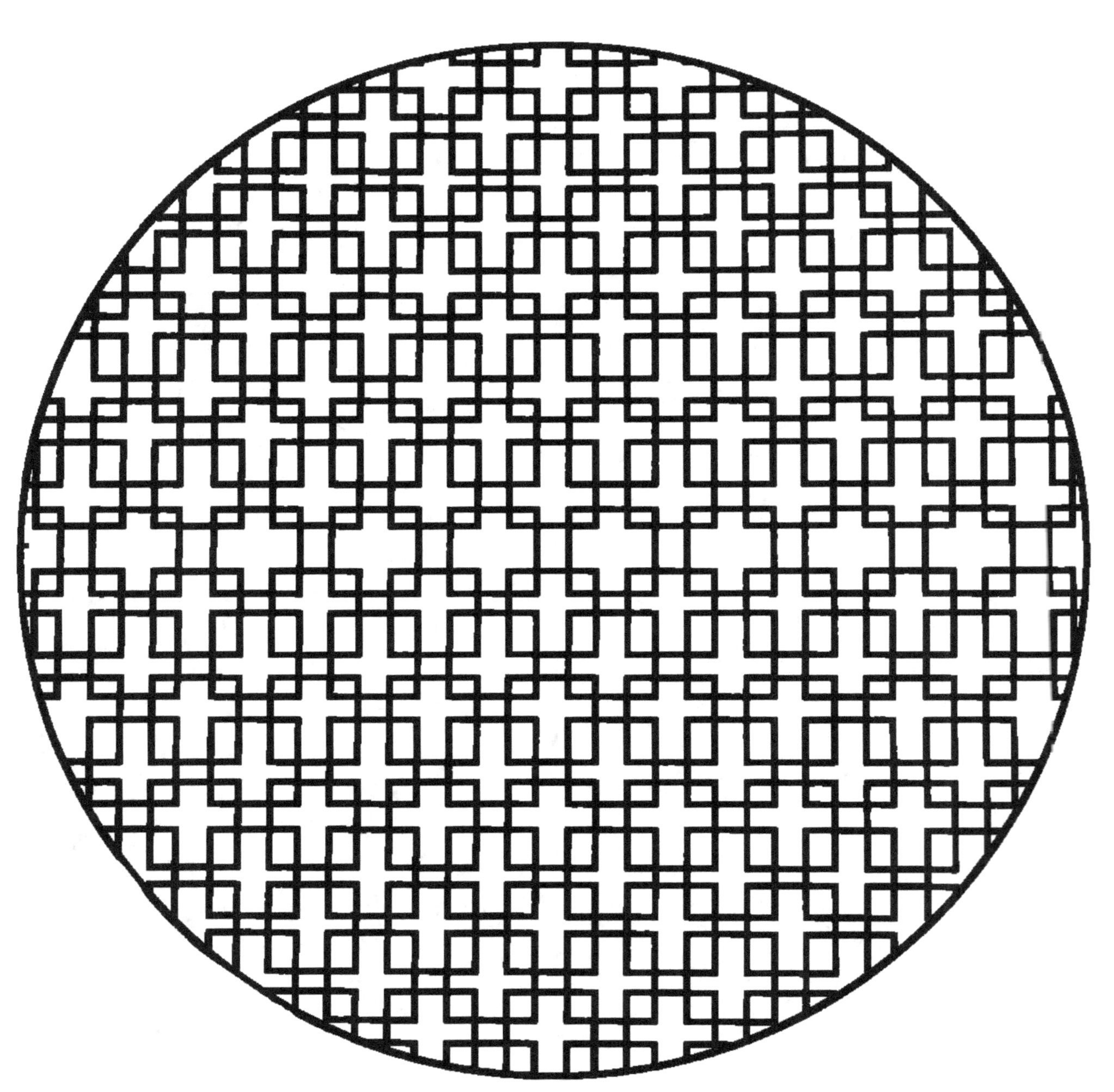

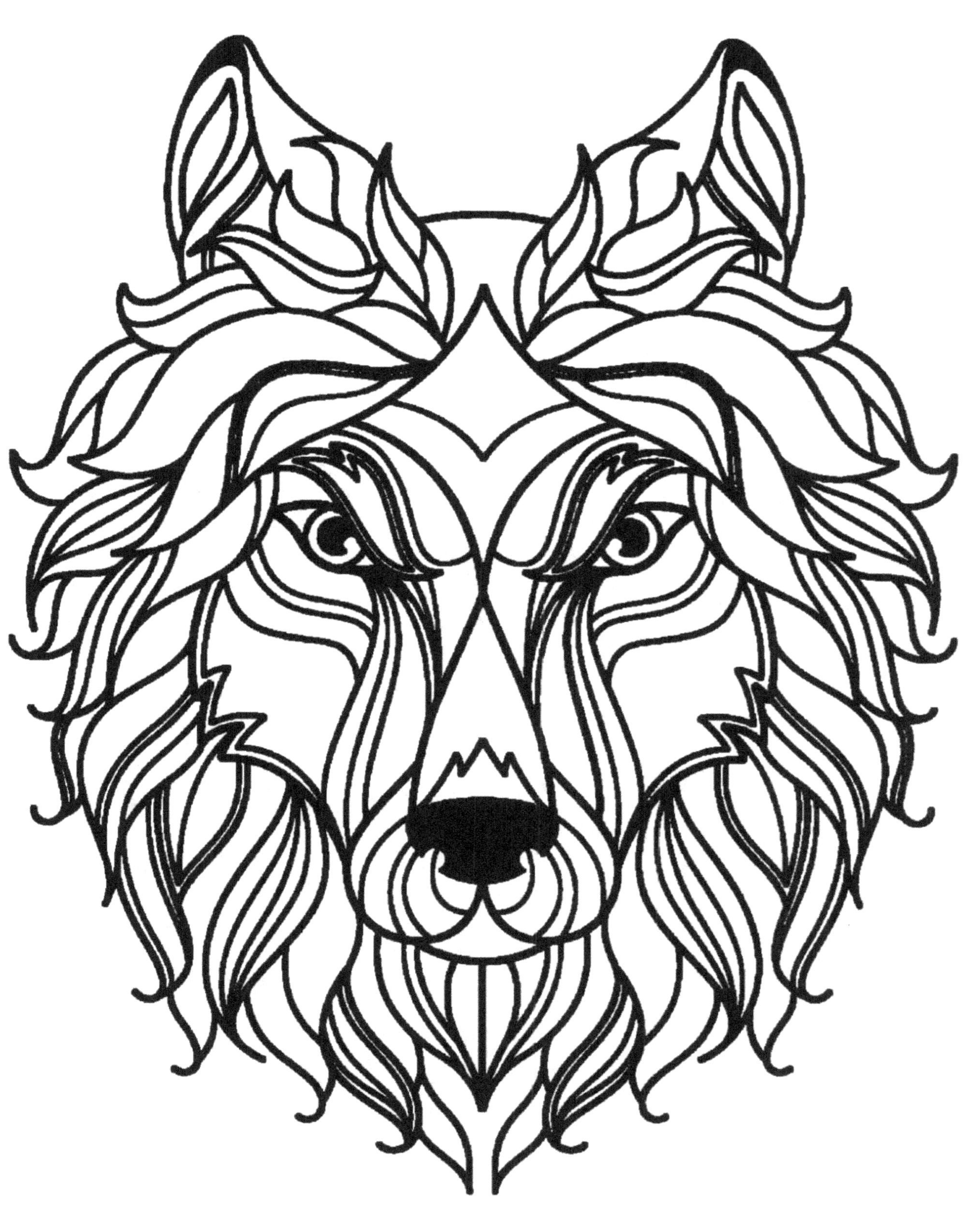

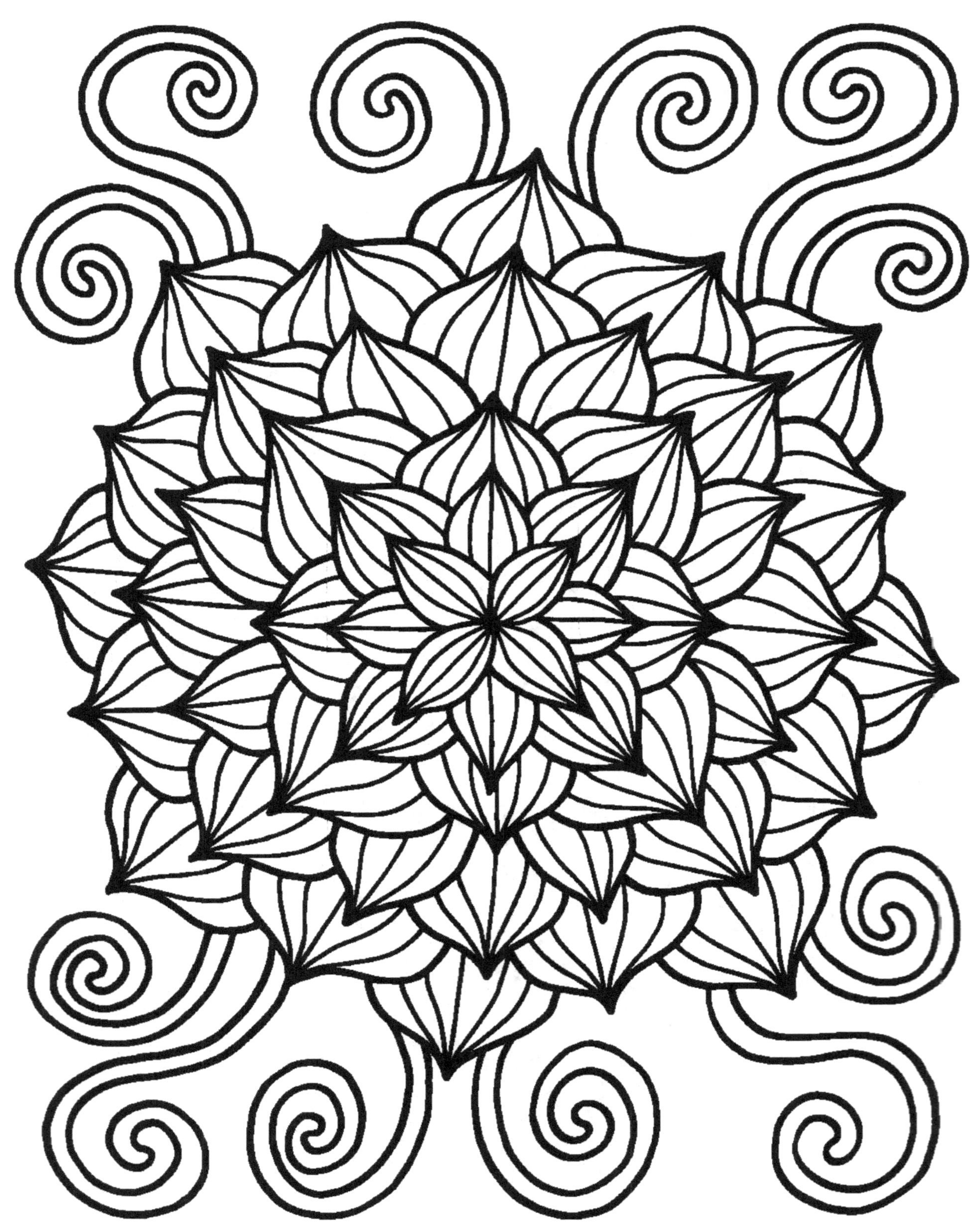

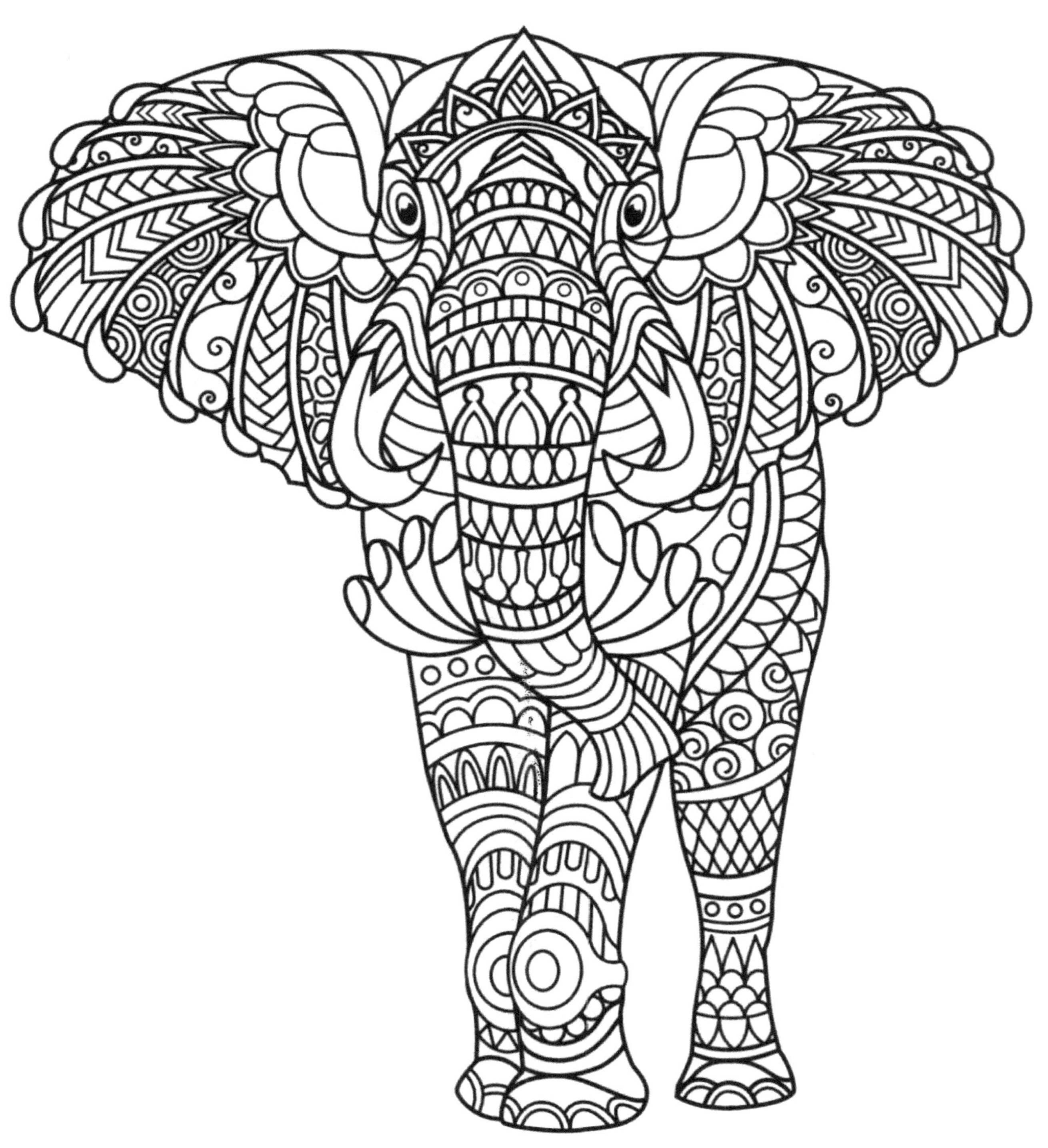

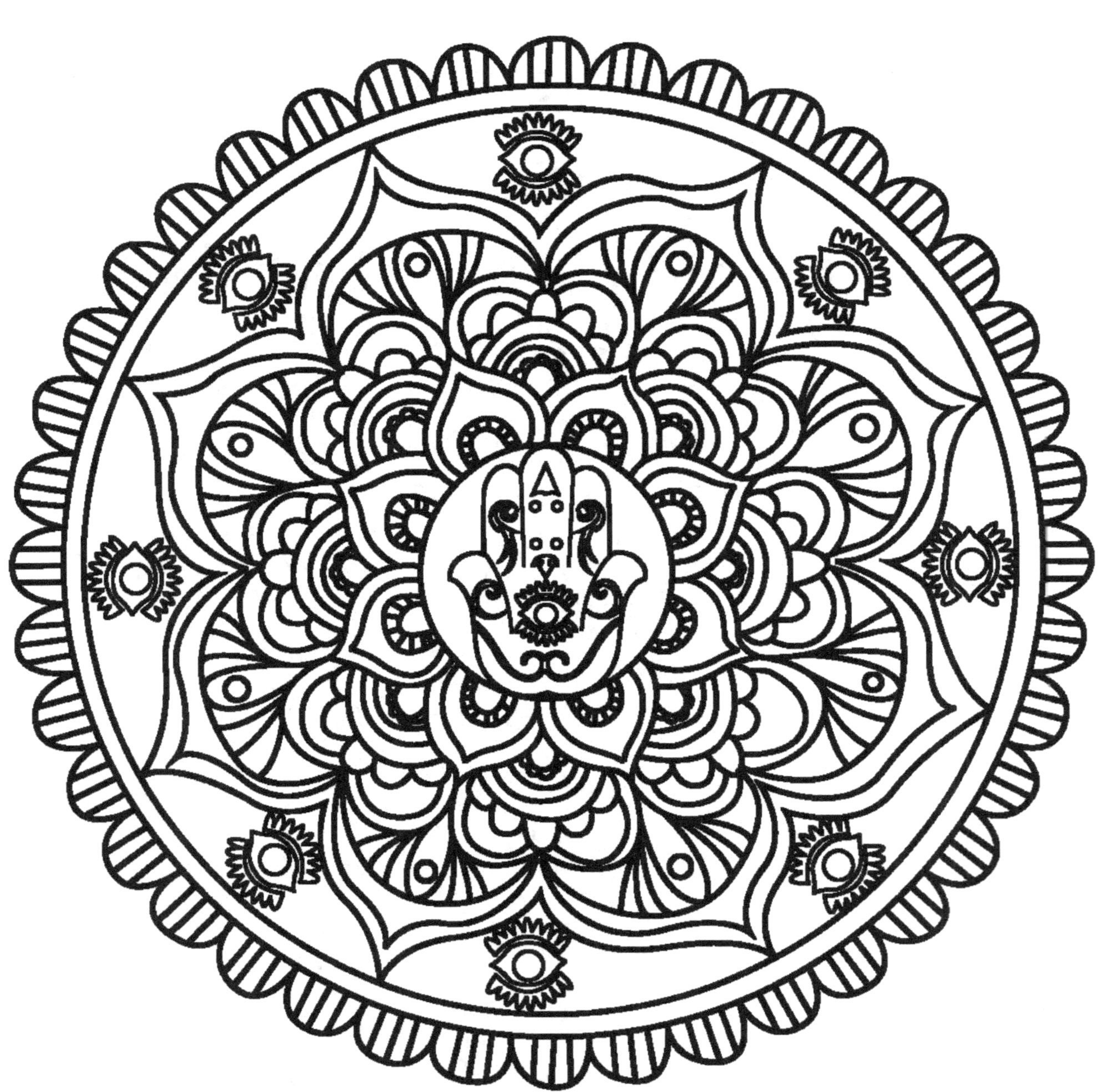

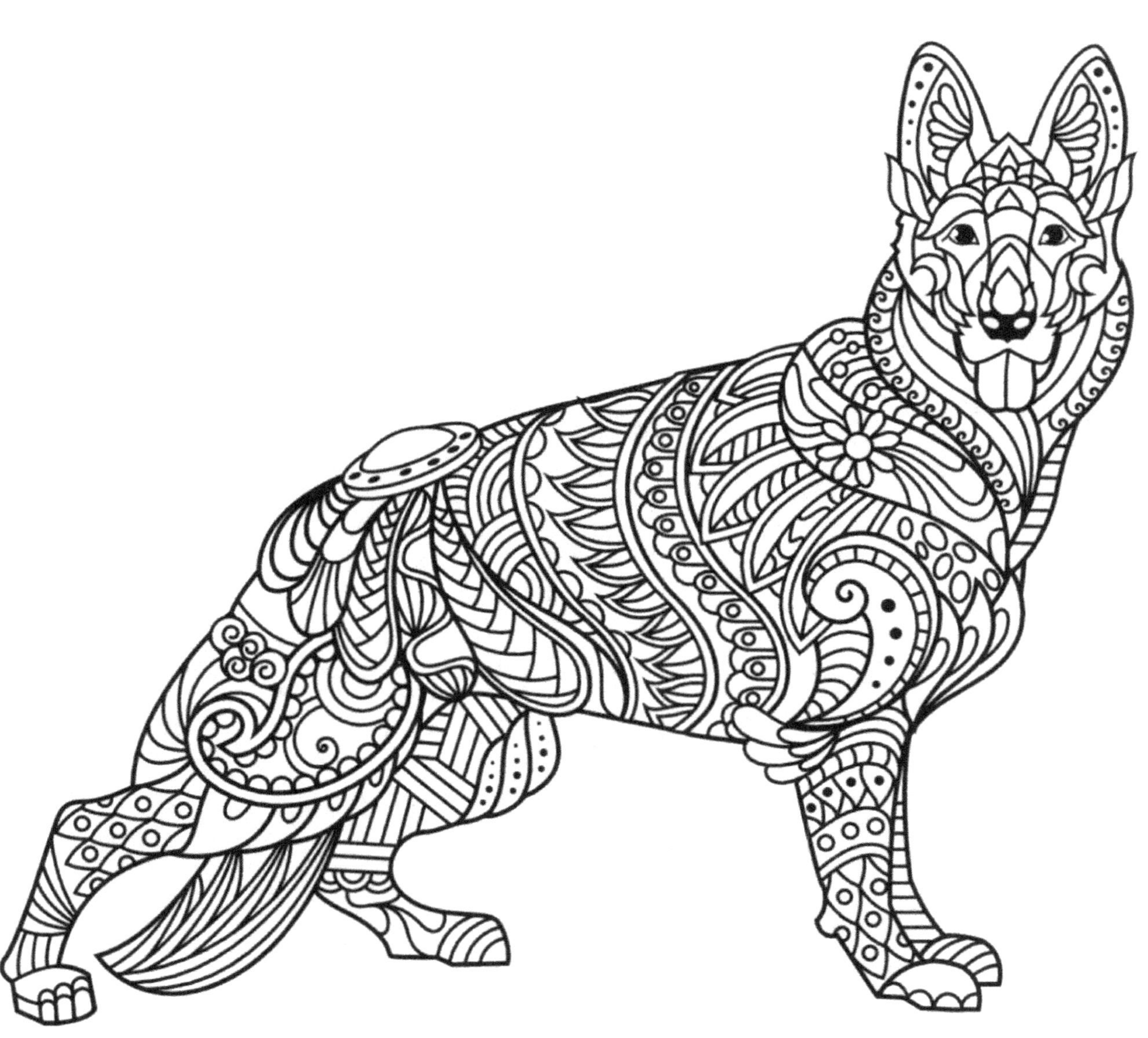

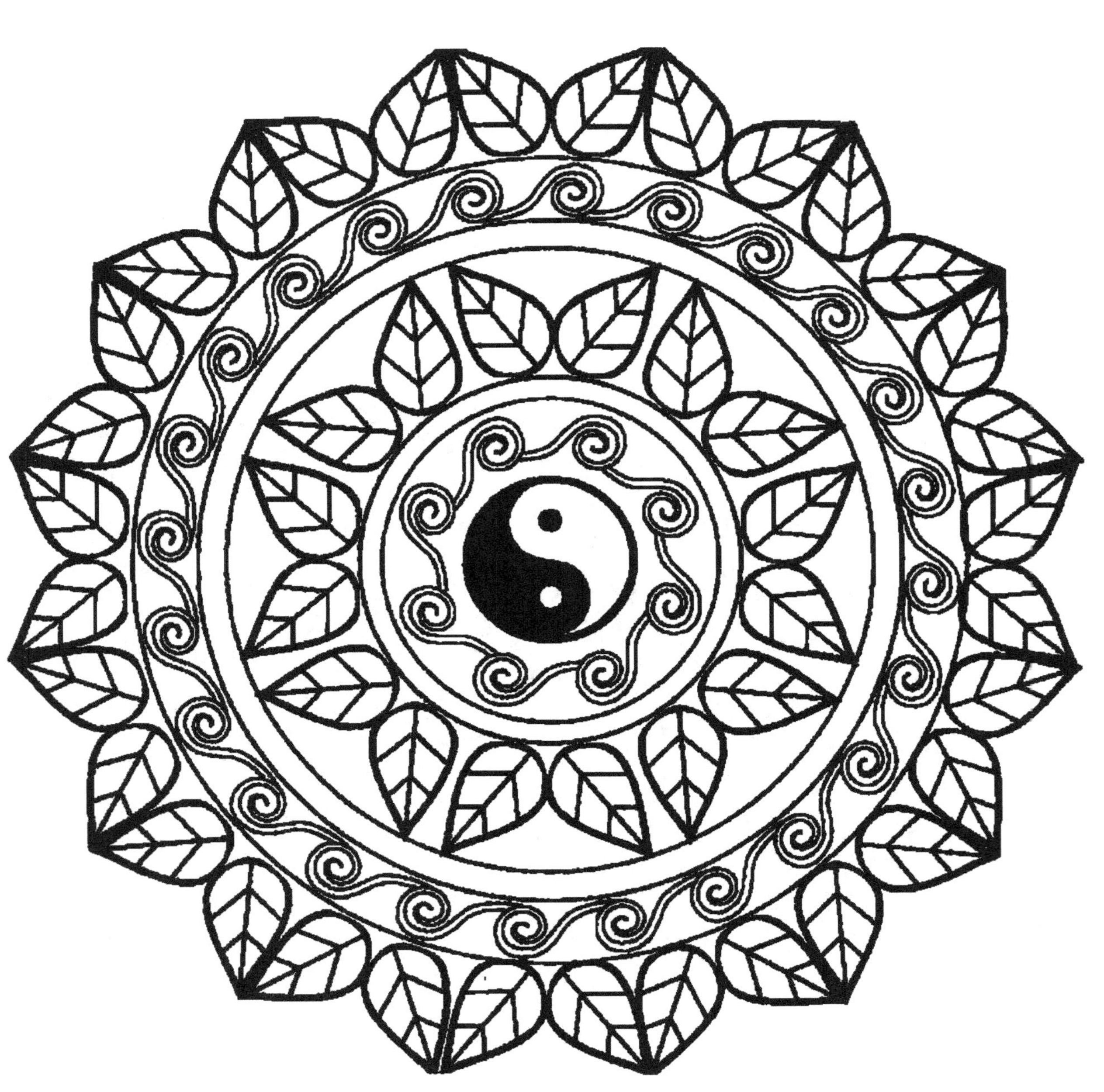

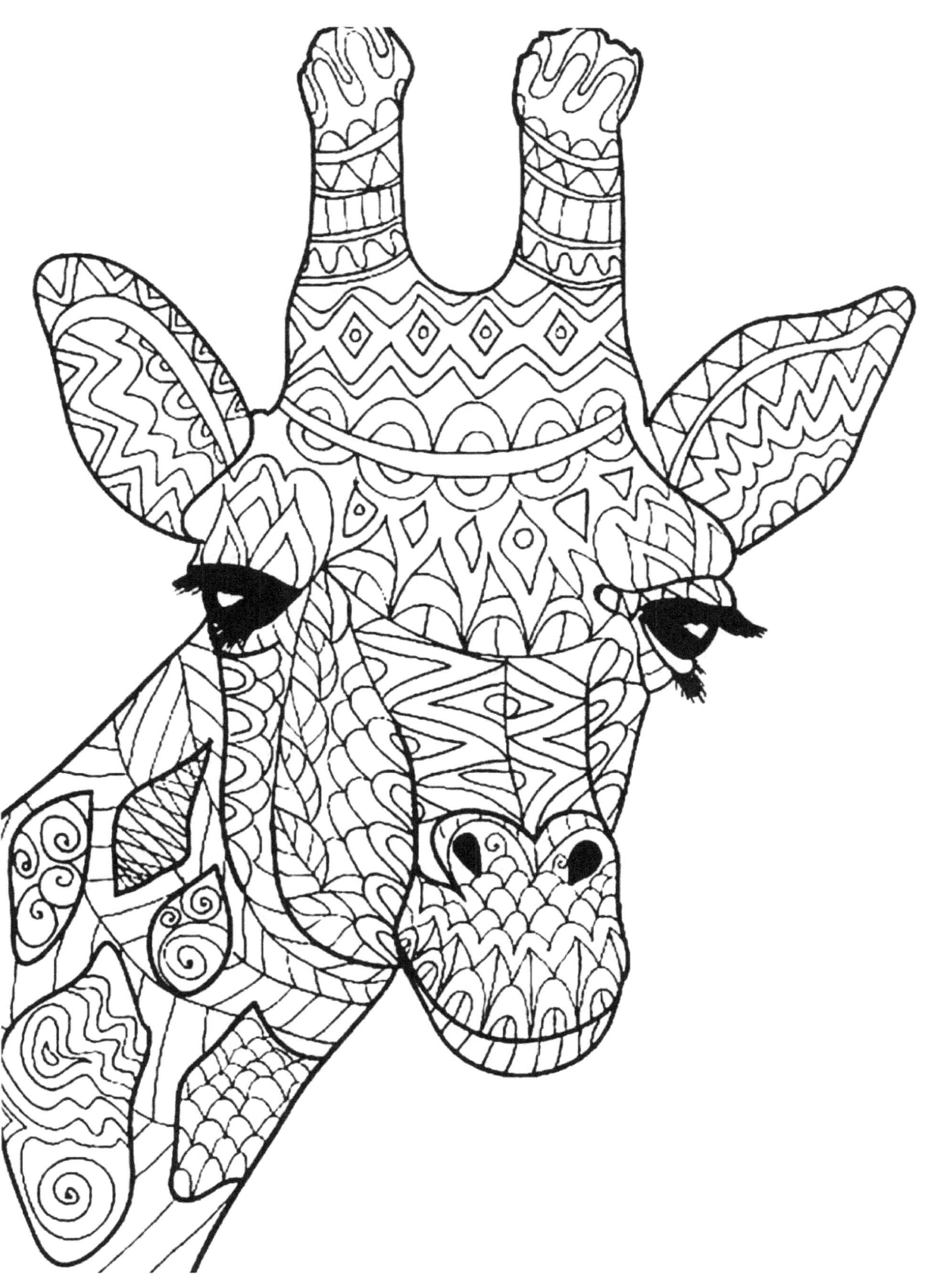

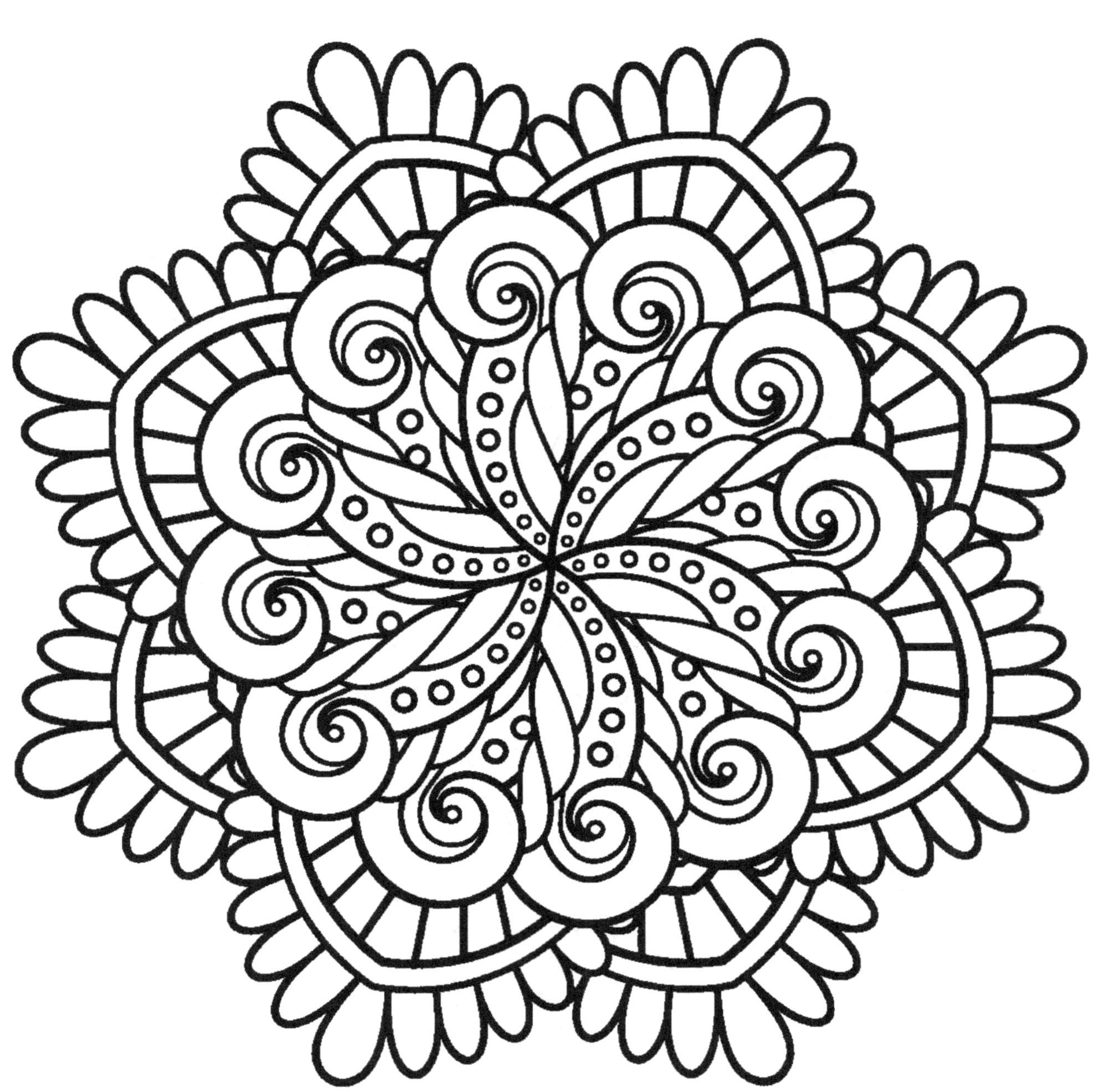

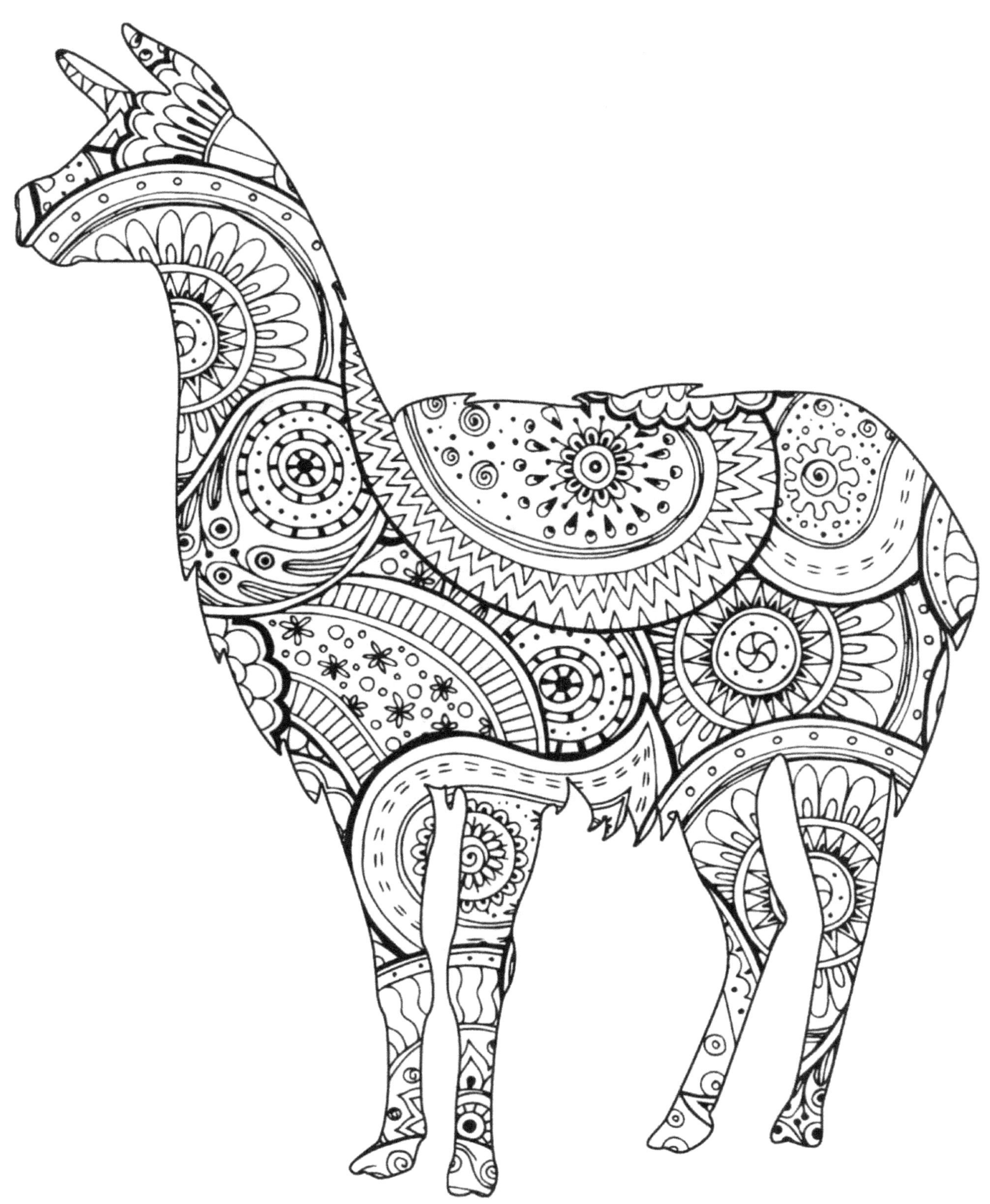

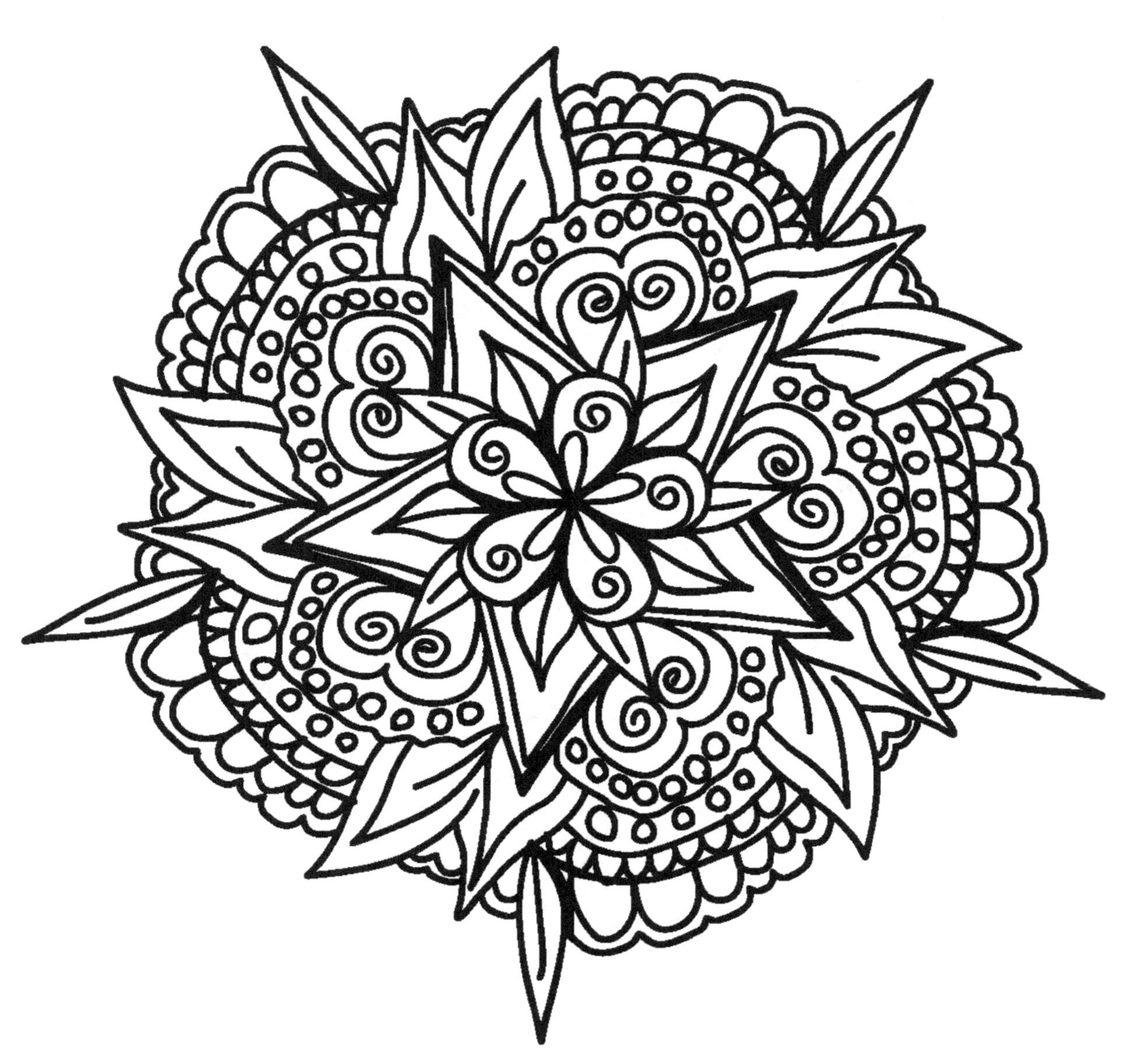

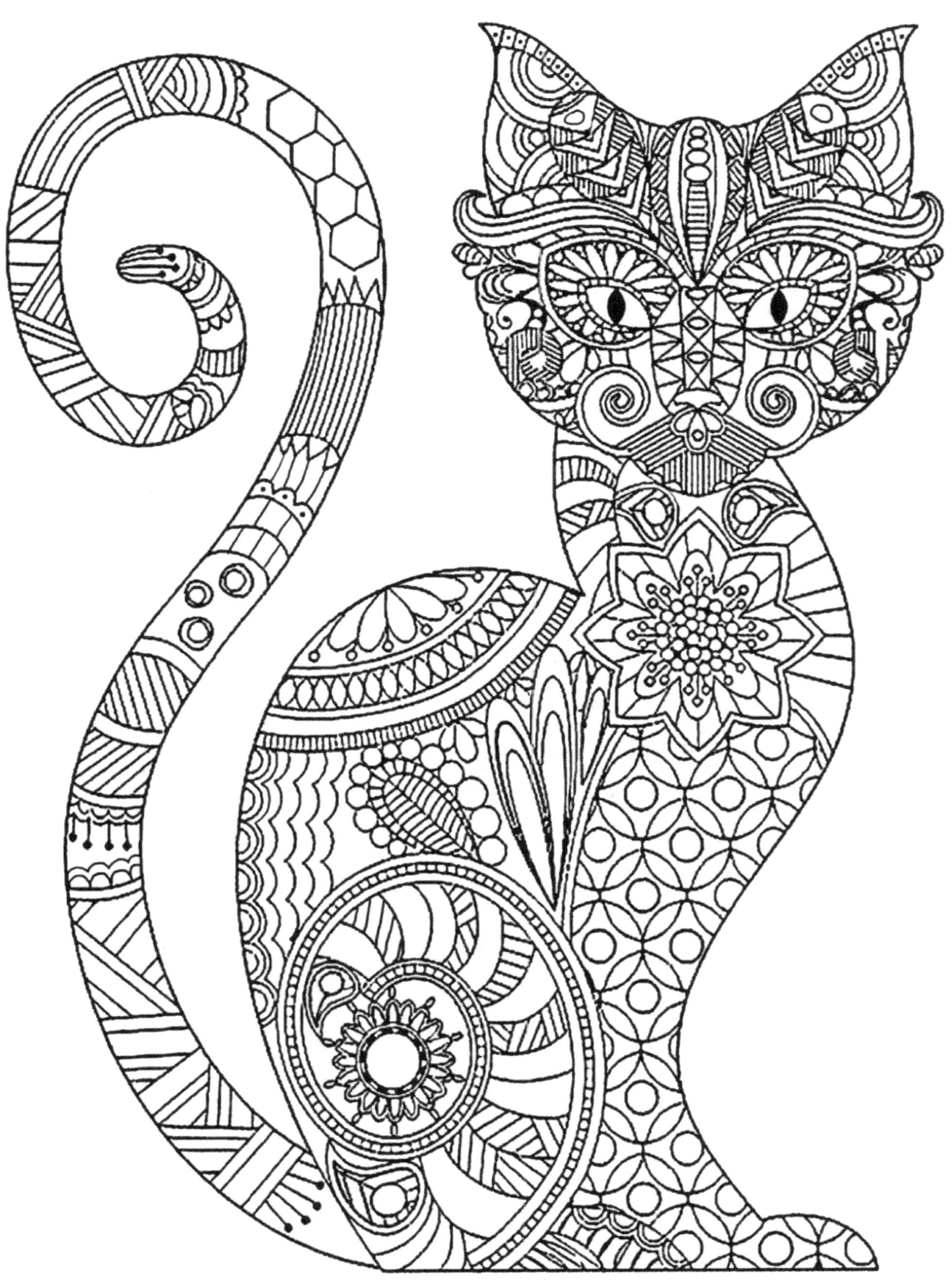

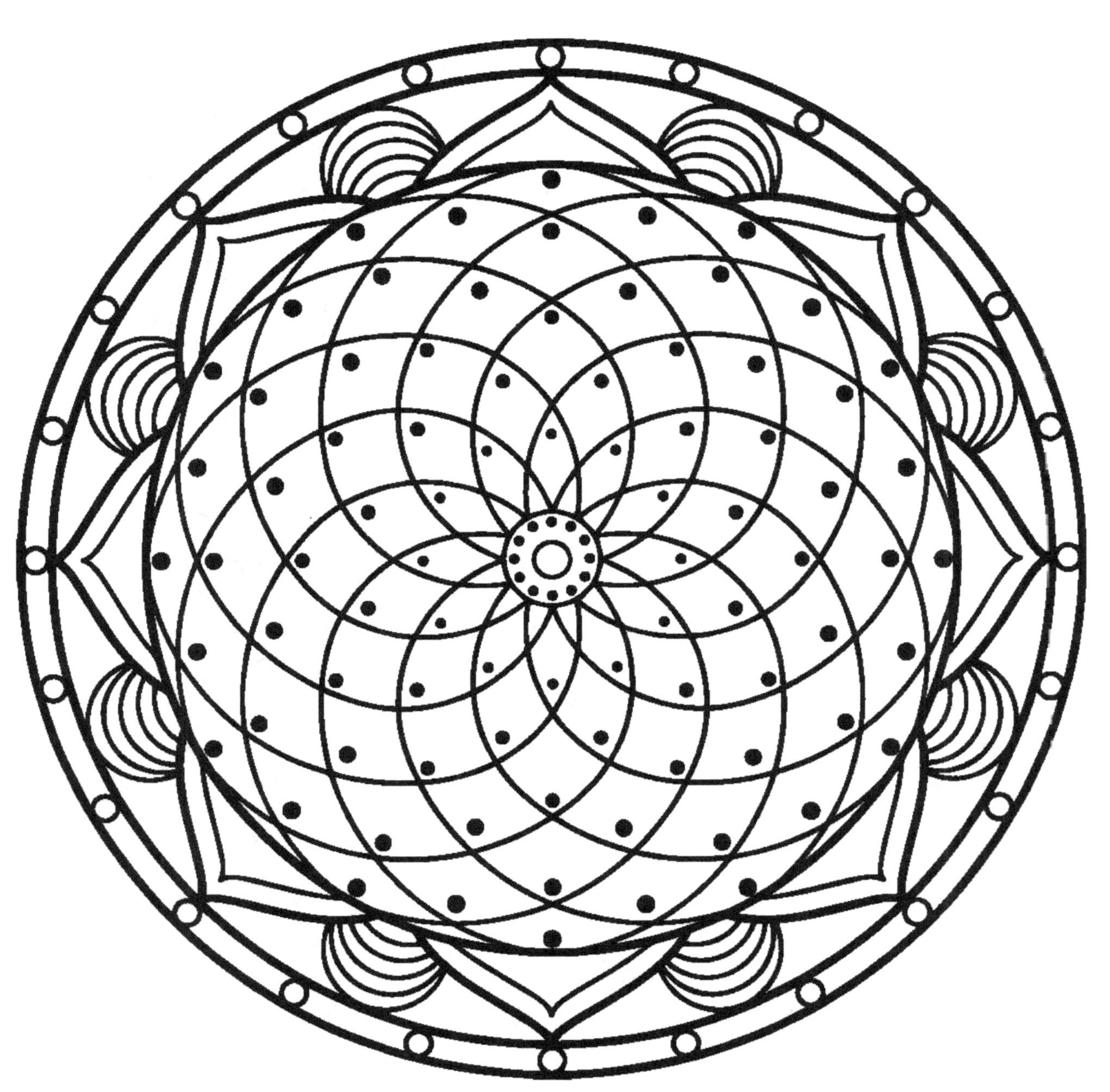

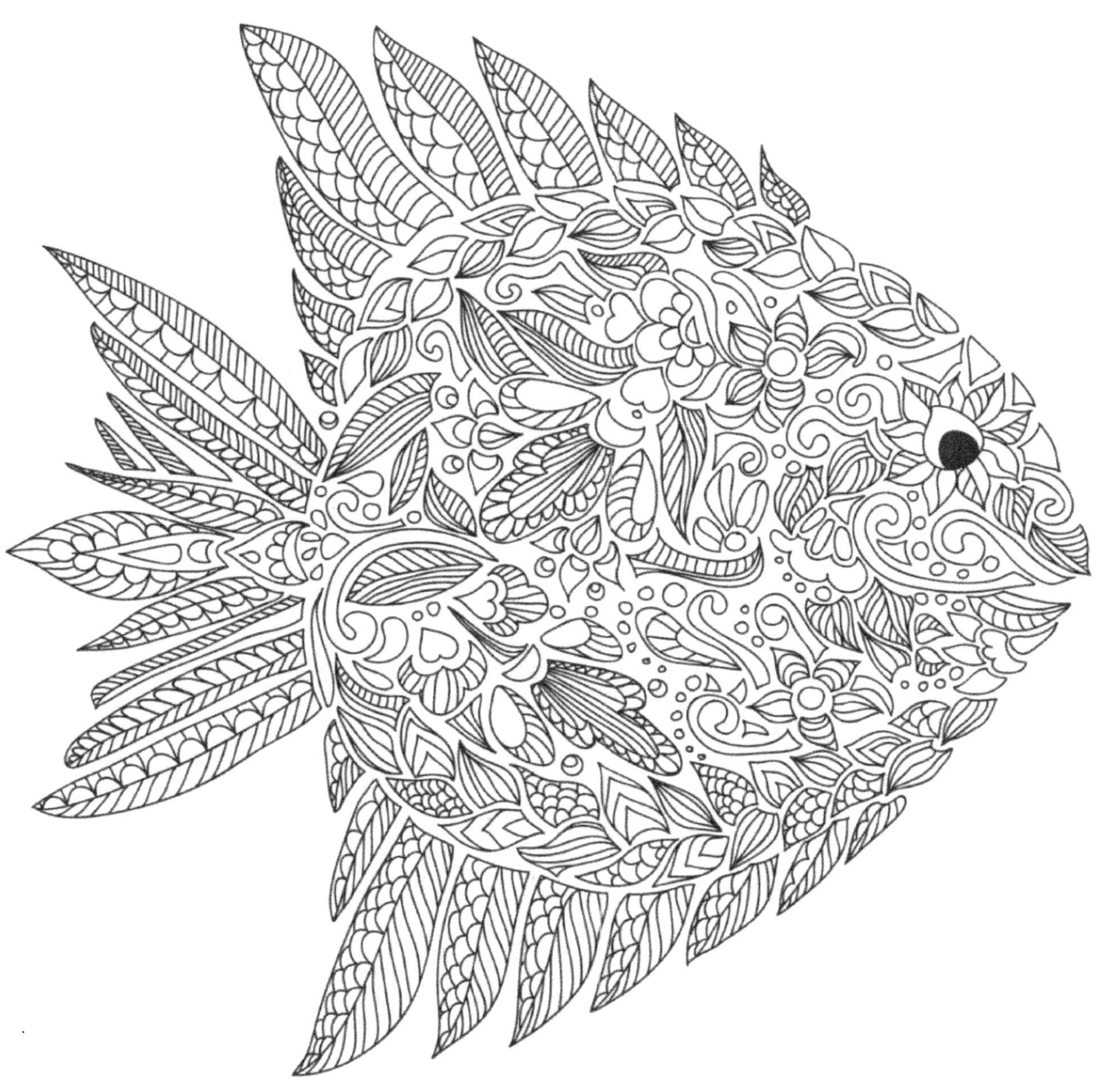

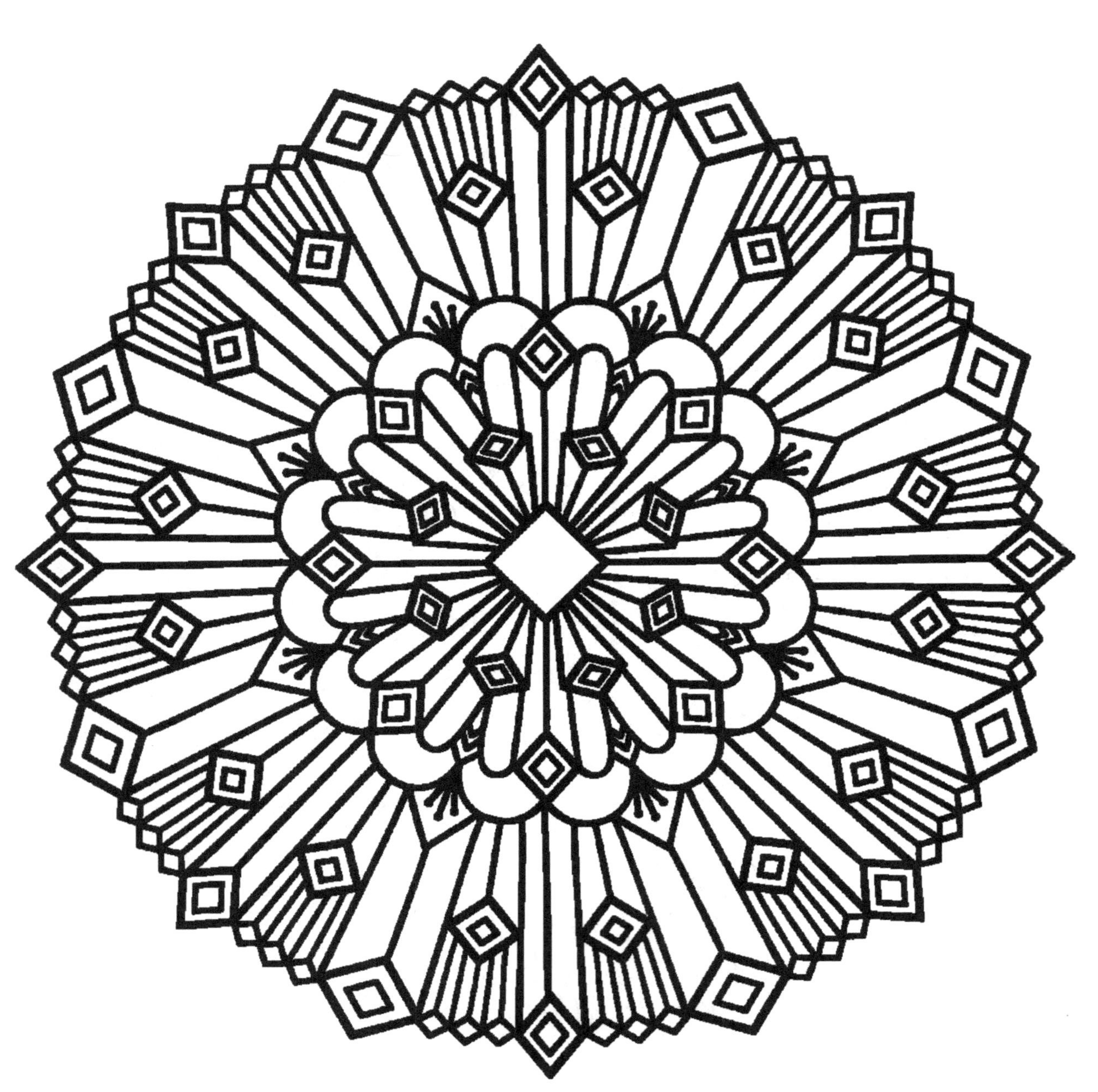

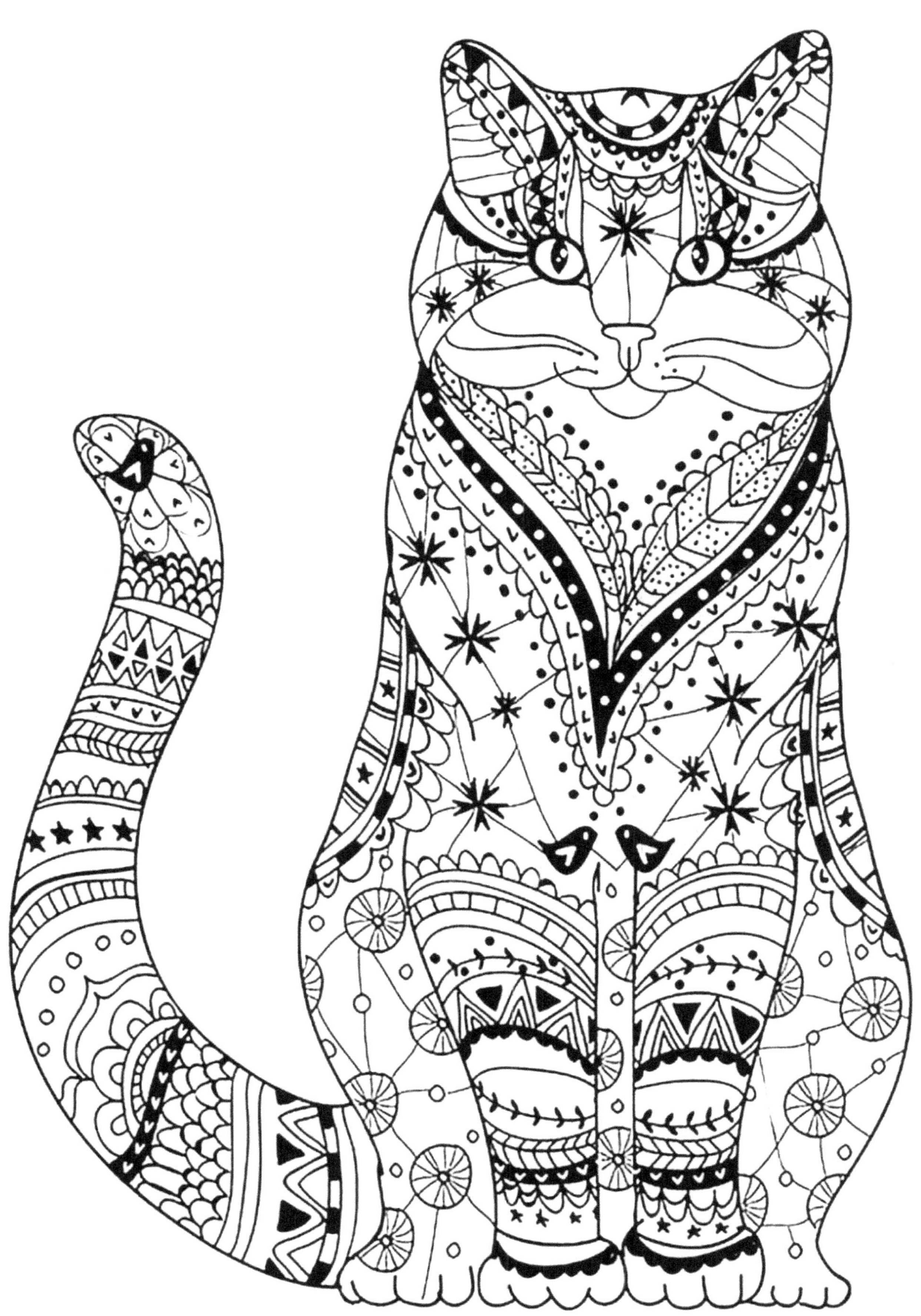

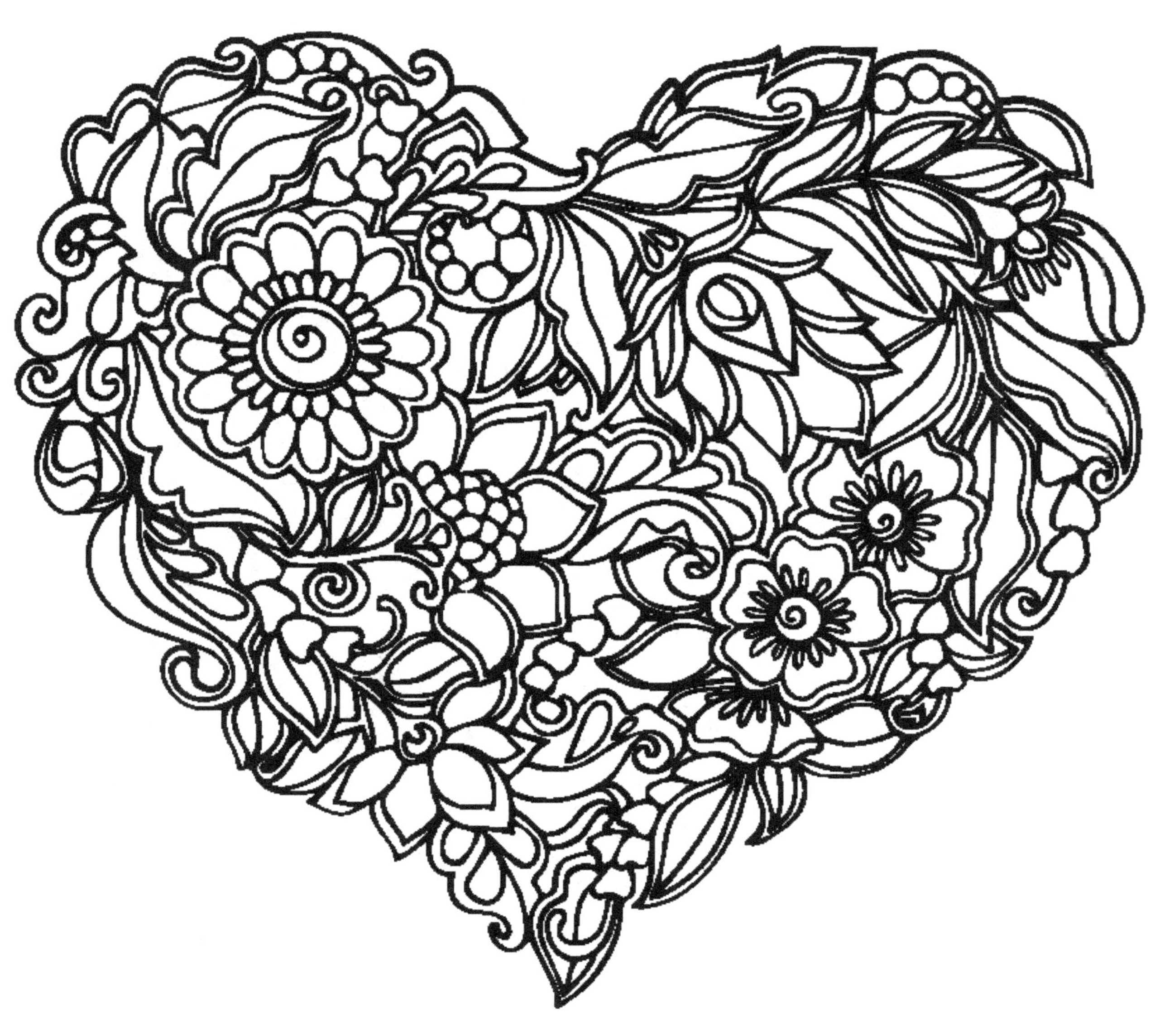

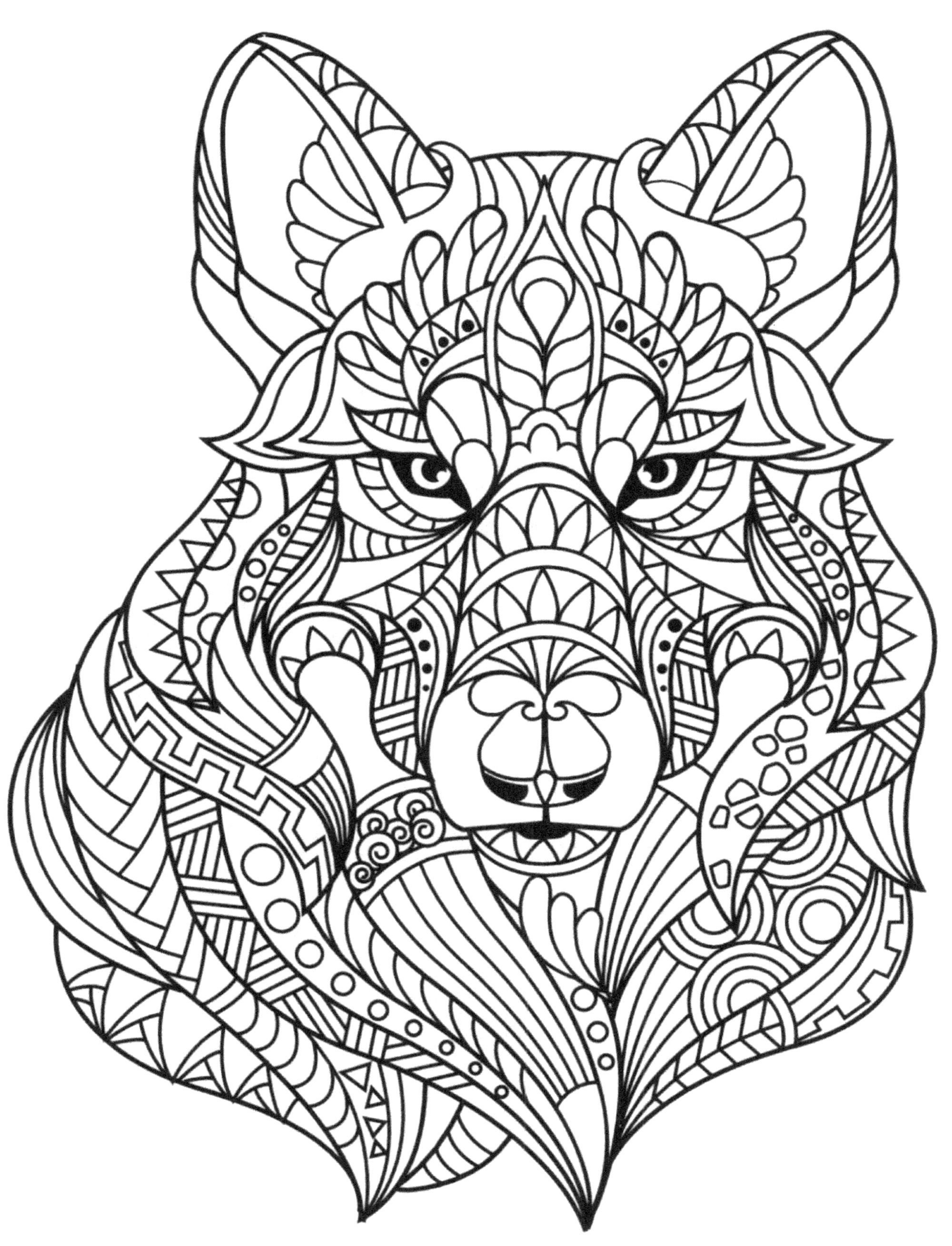

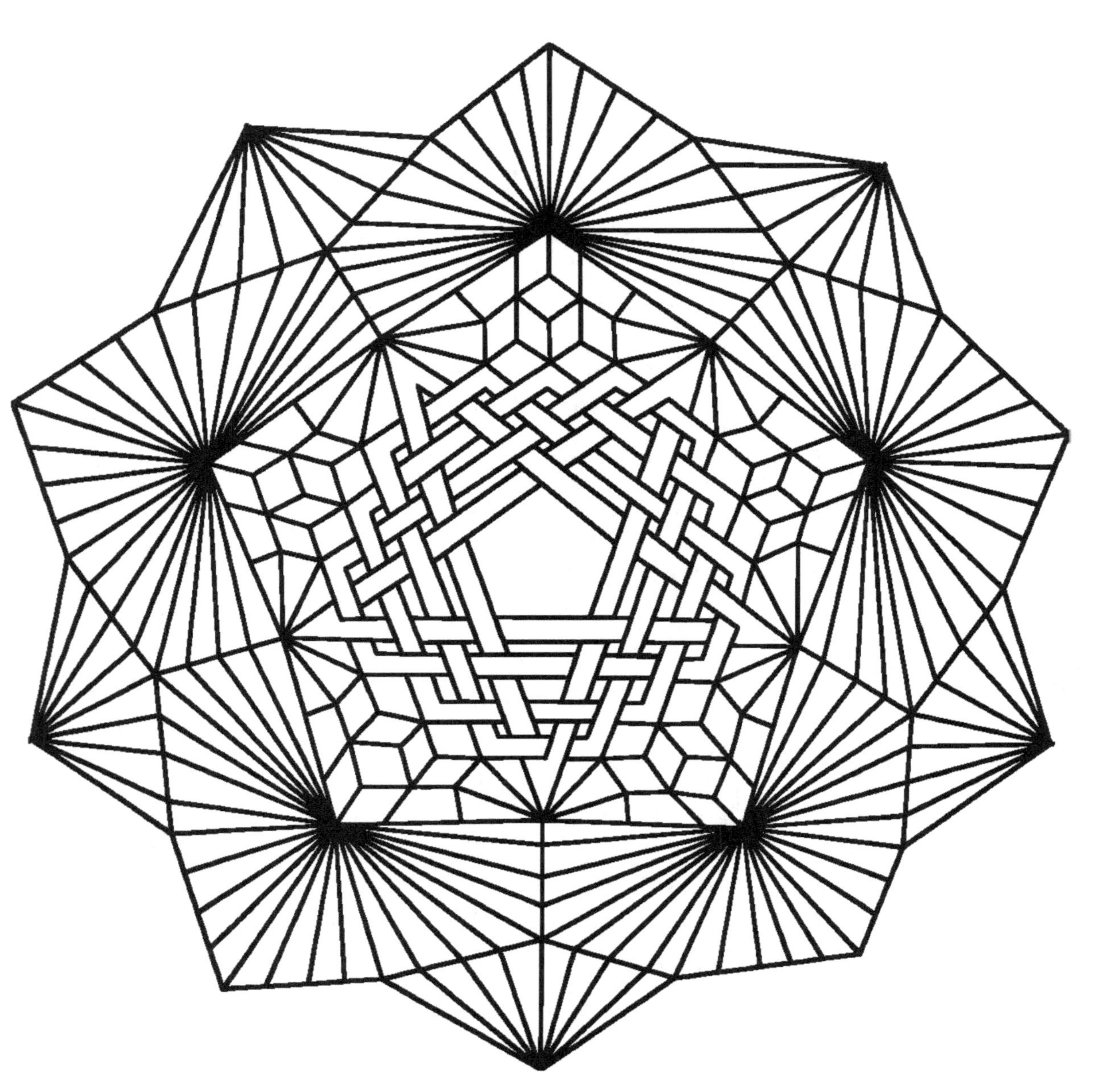

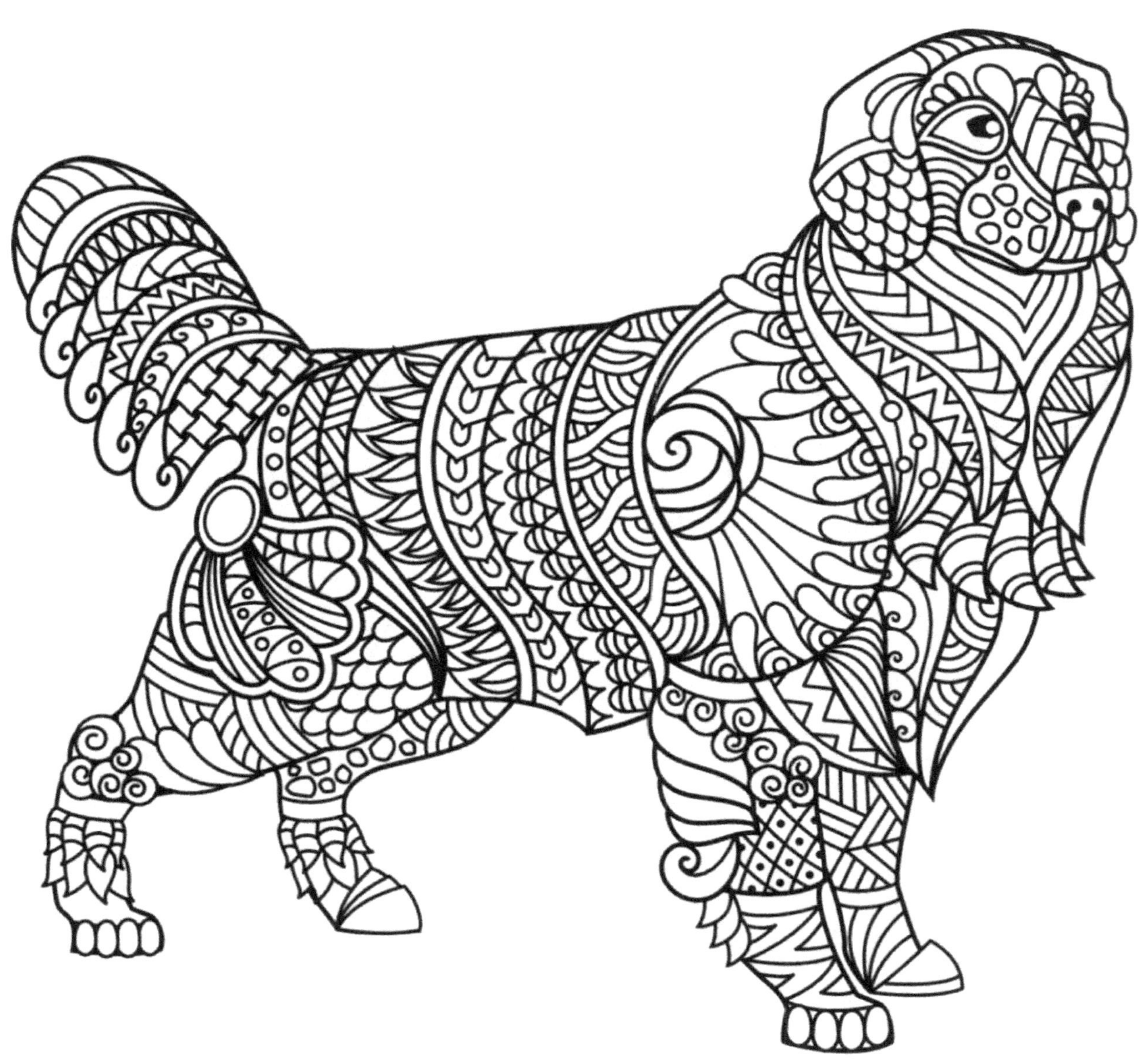

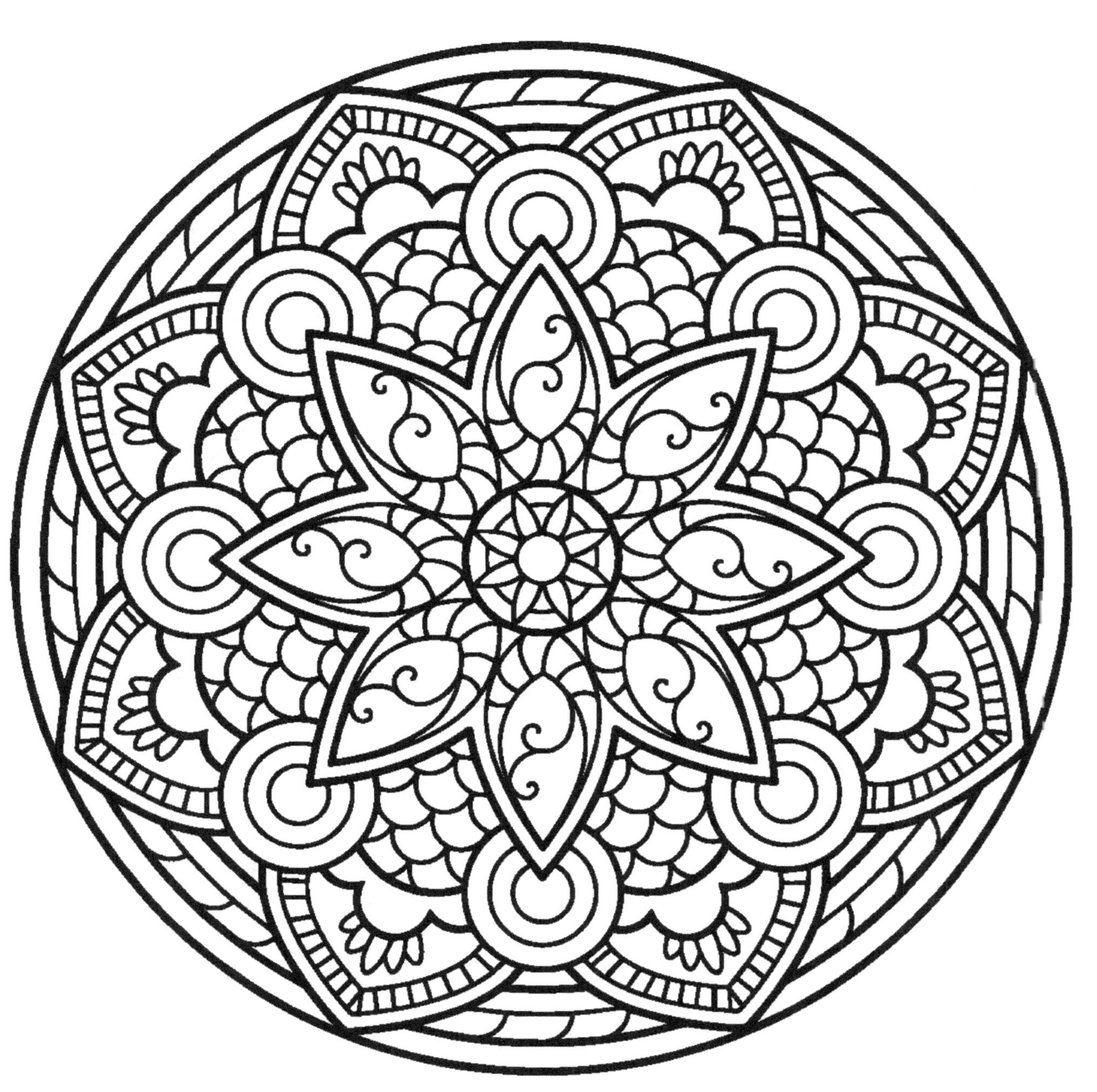

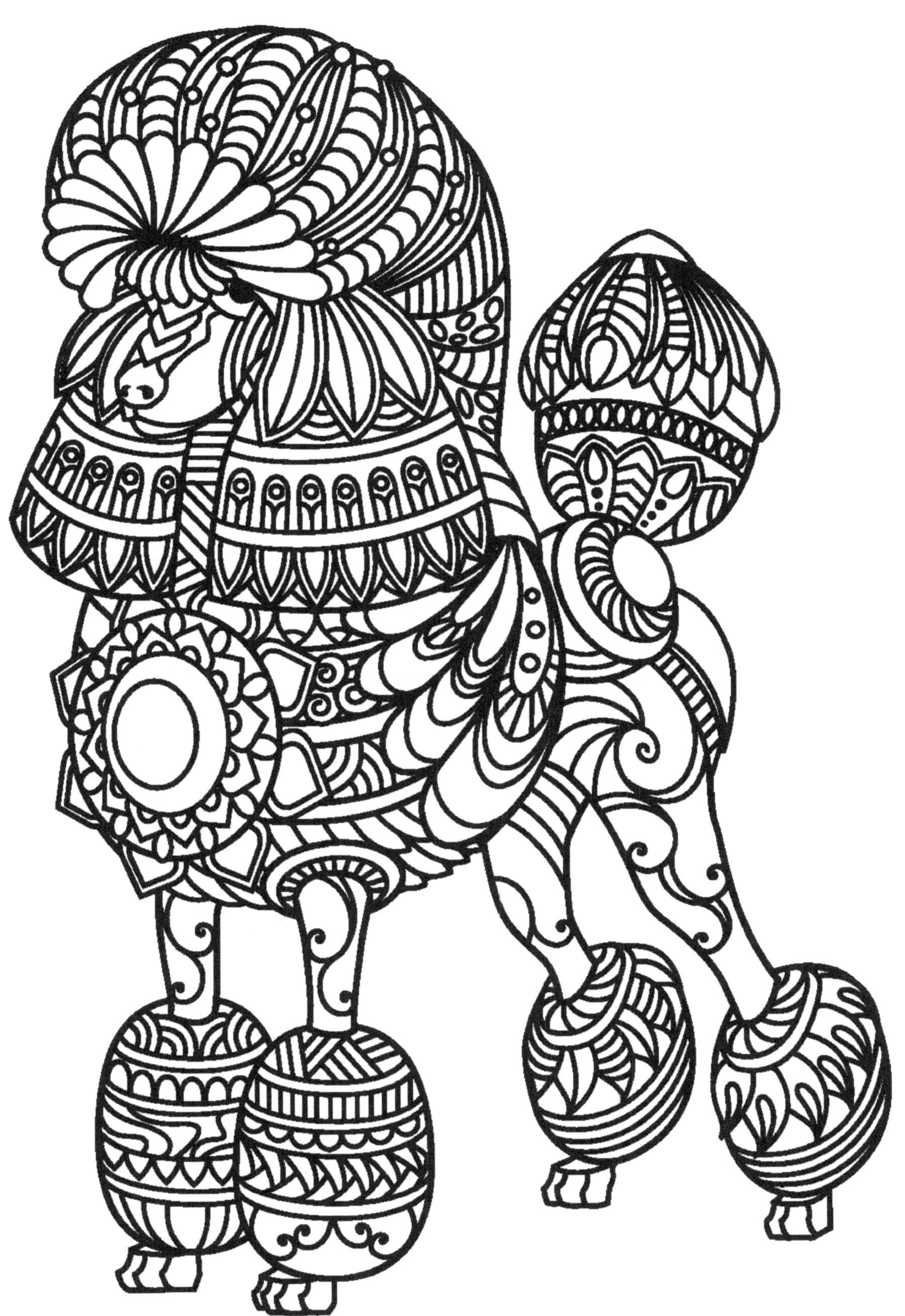

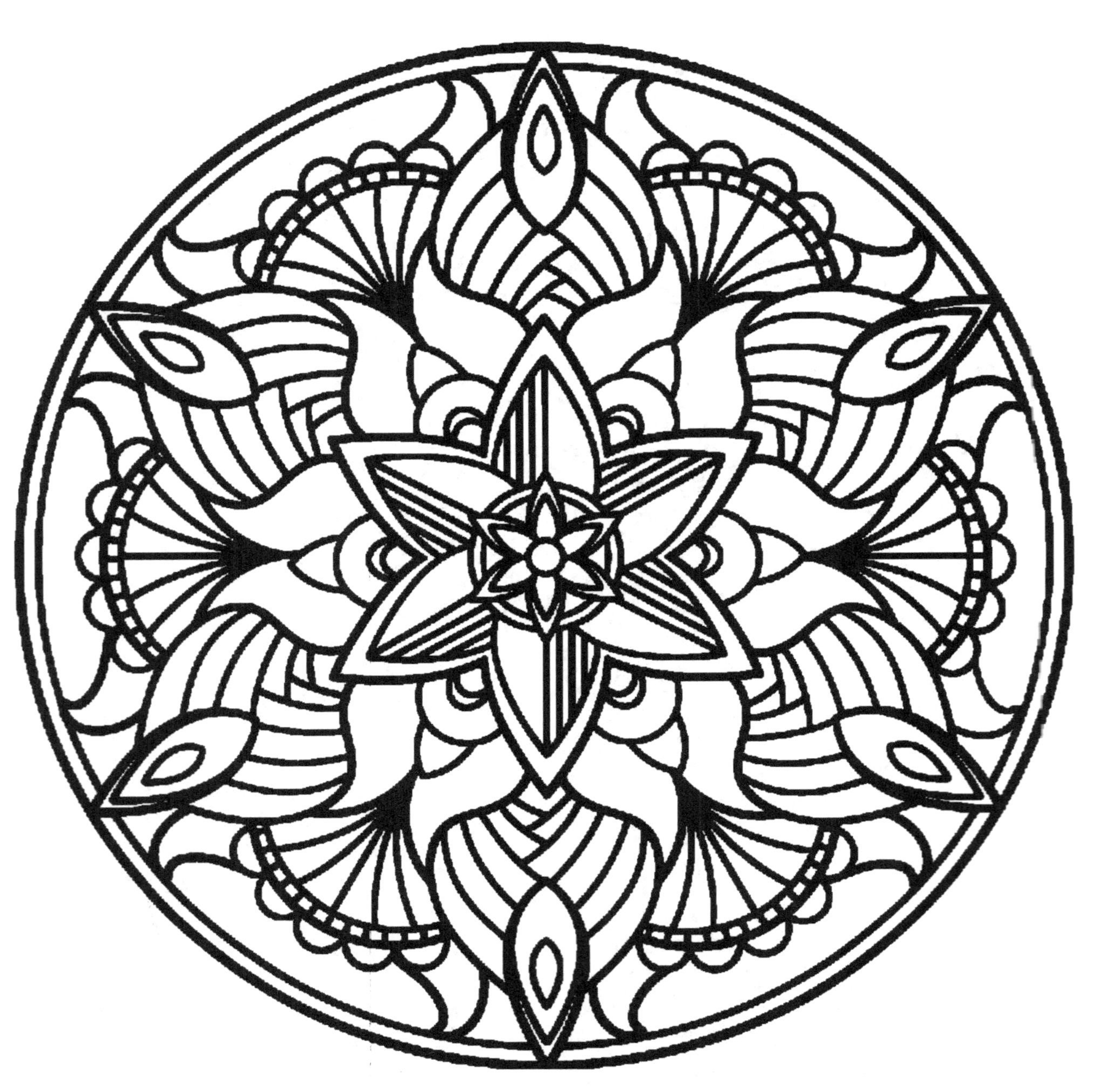